薄荷香女孩
謝倩霓◎著

推薦序

輕輕敲醒沉睡的心靈 外面的世界很精采

「倩霓姐姐」在自序中說，《薄荷香女孩》這本青春小說中的女主角「江荷」，有她自己的原型，那好，就先介紹一下印象中真實的謝倩霓吧！

多久以前的事了？沒錯，一九九六年的夏天，當時，「上海少年兒童出版社」因為我獲選該社所屬《少年文藝》月刊一九九五年度小讀者投票「最受歡迎散文第一名」，在上海舉辦了一場「桂文亞作品討論會」。就是這一年，讓我有機會認識了已在上少社任職的「倩霓姐姐」。

我們倒沒有多少時間單獨相處，可是她燦爛友善的笑容和親切的接待，留給我很深的印象。之後，又多次到上海交流，每次都和上少社的編輯們相約喝下午茶，漸漸就認識倩霓了。一次，活動結束，要續往浙江金華開會，倩霓開車送我去火車站，由於停車場離車站頗有一段距離，而我那沉重的行李和紙箱在倩霓幫忙下，又提又推又拿的，一點兒不嫌麻煩，她一直帶著篤定的笑容和「小事一樁」的瀟灑勁兒，讓我大為讚佩。

倩霓快人快語，頗帶幾分英氣；仗義直言的俠客風在職場生涯中也不時有所聽聞，這幾點特性投影在「江荷」這個角色中，讀者多少可以看出些端倪，譬如江荷體貼熱情、積極主動，富有同情心，關心一天只吃兩個饅頭充饑的同學；個性活潑開朗，像男生一樣吹口哨、參加合唱團、喜惡分明又敏感多情；藉由江荷，再來對比其他老師、同學迥然不同的性情和行為，小說角色的型塑格外生動飽滿。

然而，讀者還看到更重要的一面，就是作為一名優秀的兒童文學作家，如何透過細膩深刻的觀察和體會，描寫少男少女的校園生活，呈現他們內心的徬徨、困惑、痛苦、快樂與追求。在絲絲入扣的情節發展中，有著更深層的社會關懷，這也是值得我們共同重視和尋求解決方案的：譬如城鄉差距、貧富不均、應試教育制度下造成的偏見和傷害等等，這是普世性的問題，不獨有在某一個國家或地區存在。

這本小說對臺灣讀者來說，也是「零距離」的：沒有閱讀和經驗上的阻隔，自然、流暢、活潑，貼近地氣；人物塑造鮮明，情節緊湊，讓人有親歷其境之

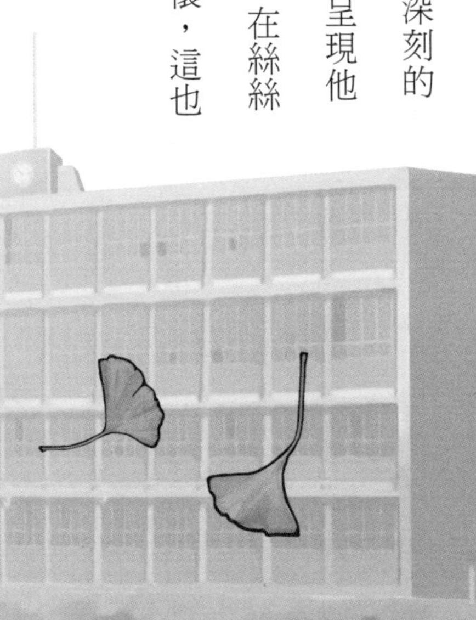

感。當然，也不忘提醒讀者細品作者生動優美的文筆，它不是少男少女用來消遣的「口香糖」，它好看，但不僅止於好看，它讓人感動，同時獲得心靈的洗滌與成長。

桂文亞

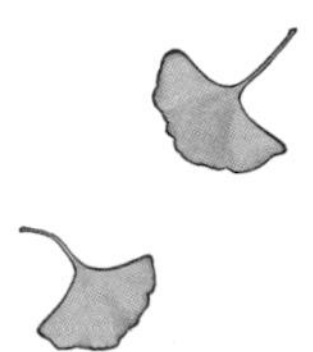

臺灣版序

謝謝親愛的你們

說起來，這真是一件奇怪的事情。在很多年以前，當我還是南京大學中文系漢語言文學專業一名三年級女生的時候，在一個春風滌蕩的晚上，我突然很想寫一篇小說，一篇關於一個十幾歲的女孩子的小說。

坐在安靜明亮的階梯教室裡，我花了兩個晚上的時間，一氣呵成了那篇叫做〈一片湖〉的處女作。

沒有很複雜的情節，只是女孩子細微的心事，帶著微微的香氣和令人心疼的窘迫和無奈，在一天一天尋常的日子裡輕微的呼吸。

這篇小說被一家有名的少年文學期刊以頭條的位置發表。

然後我就大學畢業了，做了三年自己不太擅長的工作，再讀了三年碩士。也就是說，一直到六年以後，我才開始重新拿起筆，寫我的第二篇短篇小說。

六年以後寫的小說《並非青梅竹馬》，同樣是關於一個十幾歲的女孩子的故事，同樣沒有很複雜的情節，同樣只是女孩子細微的心事，一些日常的煩惱和喜悅，一些背著人的臉紅心跳，一些只用眼神決不用言語來表達的慌張和歡喜。

接下來，我寫了〈日子〉、〈穿越而過〉、〈不曾改變的呼吸〉、〈慢慢地知道〉、〈葉子上的祕密〉……

再接下來，我開始寫長篇小說：《喜歡不是罪》、《青春潘朵拉》、《不說再見好嗎》、《此情可待》、《你是我的城》、《草長鶯飛時節》……，一直到這一部《薄荷香女孩》，以及即將開始的下一部，再下一部。

它們的主角仍然一律是十幾歲的女生。快樂的女生，憂傷的女生；自信的女生，自卑的女生；歡笑的女生，哭泣的女生；合群的女生，孤單的女生；倔強的女生，懦弱的女生……

我寫作的基調似乎一開始就被上蒼定下來了：書寫花季年華的女生。

慢慢的，我開始收到來信了，是讀了我小說的女生寄來的，她們訴說著對小說中主人公的感受，當然更多訴說的是自己身為女生的種種心情。

那個時候，我坐在當時作為辦公室的一間老式花園洋房裡，靠著寬大的雕花木質窗臺，一個字一個字的讀著這些來信。那些訴說的語句總是充滿著女孩特有的純真熱烈的氣息，它們令我微笑、嘆息，有時甚至因為感動或心痛而流淚。而有時，拆開信封，裡面會跳出來一隻手工摺成的小船、小鳥或一串五彩幸運星，令我大大的驚喜一番。

最令我感動的一次是，我因為一篇小說而收到一個鼓鼓囊囊的信封，剪開來，裡面居然是999隻千紙鶴！信裡說：「倩霓姐姐，摺這些千紙鶴花了我一個多月的時間。我每天晚上睡覺以前摺一些，終於摺滿999隻了！因為書上說，999隻才最能表達祝福的心願喔！」看著每一隻都摺得那麼精緻美麗、只有大拇指指甲一般大小的彩色千紙鶴，我的眼眶迅速的潮潤……

而最令我驚喜的一次，是我透過郵局收到一大捧手工做成的玫瑰花。是用那種透明的粉紅色塑膠紙為材料製成的。信裡說：「倩霓姐姐，我剛剛從雜誌上學來一種製作玫瑰花的方法，我製作的第一束花，獻給你喲！」

這些花和那一袋千紙鶴一樣，同樣來自一個讀過我小說的遠方陌生的女孩子。

後來，大家都用電腦了。我也用電腦了。於是從郵局寄來的手寫的信少了，透過網路寄來的電子郵件多起來了。我曾經收到一封從澳洲輾轉到北京，再輾轉到出版社，再輾轉到我郵箱裡的一封郵件，是一個到澳洲留學的高中女孩發給她在北京的家人後再轉給我的，她在信裡說，在陌生的異國他鄉，是她隨手塞入行囊的我的一部小說集一直陪伴著她，給她安慰和鼓勵，伴隨她度過最艱難的留學初期。整整一年，當她孤孤單單一個人待在陌生的異國他鄉、陌生的房間裡的時候，她就反覆的閱讀我的小說，特別是其中的一篇〈初離家門〉，每次都讓她看得淚水漣漣，卻又心生堅強。這些小說讓她知道，有一些事情不可避免，有一些情境必須面對，有一些困窘必定會慢慢走過。當她終於交到一群好友、終於可以自如的開始自己在異國他鄉的新生活的時候，她想到要給我寫一封郵件，她請她的家人一定要將這封郵件想方設法轉達給我。她說她要表達一下對我的謝意。

讀到這封郵件的時候，我再一次因為感動和欣慰而流淚。

從來只是慢慢的寫，小心翼翼的寫，溫情脈脈的寫；我寫著一個一個女孩們的故事，寫著她們或快樂充盈、或單調無奈的日常，寫著她們在這份日常裡的認真、堅韌和努力；寫著她們大大小小的心願、長長短短的希冀、遠遠近近的期盼。我從來沒有奢望過自己的文字能怎樣的驚天動地，也從來沒有想到過可以做「女生成長的心靈師」。謝謝親愛的女孩們，是你們用這麼純粹的女孩的方式給予了我這麼深厚的回饋！你們的回饋，讓我感覺到自己這麼些年的寫作歷程裡充滿了生命的奇蹟和芳香！

很多人喜歡問我這樣的問題：為什麼總喜歡寫那些花季雨季的故事？我回答，因為青春的歲月是那樣小心翼翼又那樣熱情奔放的一種盛開，那樣隨意而莽撞，天真而純淨，那樣曲折又繁複，欲說卻無言！明明有一種清晰的指向，一種可以清晰的觸摸的未來，卻可能因為一個眼神、一個手勢、一句話語，就天翻地覆、乾坤扭轉！它有跡可循？它無可捉摸？對它的細微之處、幽深之處的探索，常常令我深深的迷醉其間；我一直覺得自己的心靈深處與它有一種與生俱來的息息相通、心心相印。它是我寫作伊始就繞不開的一個心結，也是我寫作至今一直堅守的一個瑰麗領地。

也有人喜歡問我：為什麼你的寫作總是這麼日常和溫情？為什麼不寫那些非常、慘烈、殘酷和鮮血？我回答，我們的周圍真有那麼多非常、慘烈、殘酷和鮮血嗎？我們的女孩子都是平平常常的女孩子，都在過著一份平平常常的日子。可是如果能在這平常之下，寫出她們成長的起伏不定、波濤洶湧，寫出她們日常裡的歡笑和眼淚，平凡裡的不凡和感動，並給予我年輕的讀者們一份心靈的共鳴和撫慰，一份成長路途上的貼心貼肺的陪伴，這才是我這麼多年的寫作所追求的意義。

這本《薄荷香女孩》，寫的同樣是一個普普通通的女孩子的故事。她敏感、細膩，帶著鄉村女孩特有的謙卑和順從，但是在骨子裡，她卻又有著自己的一份頑強和堅持。這個女孩的原型有我自己的影子，當年的我就是這樣，在家裡條件非常困窘的情況下，糊里糊塗報考了一所省重點中學，並且糊里糊塗被錄取了。家裡想讓我放棄，想讓我轉到縣一中就讀，素來隨意和柔順的我卻以頑強的沉默來表示反抗和堅持——遠方的那幀神祕而模糊的風景，是多麼多麼的吸引我！我說什麼也不願放棄！而當我真的來到了那所學校，迷茫的睜大眼睛，我看到了多麼令人驚訝而陌生的女孩子的群像呀！她們令我迷惑、緊張，甚至令我困窘、受傷，但同時，她們也令我這個來自鄉村的女孩狹隘的情感世界和脆弱的心理堤壩得到了有力的豐富和錘鍊。

《薄荷香女孩》中的女孩江荷選擇了堅持，而蕭瀟選擇了逃離。其實，無論是堅持抑或是逃離，你都會遇到該遇到的人，遇到該遇到的事。江荷遇到了不太友善、試圖將她忽略不計的寶寶、錢蘇蘇、羅蘭等人，也遇到了誠心相待的歐陽紅、韓牧、莫劍峰等人，更遇到了好友小吉和慧眼相識的合唱團老師王一川。一件一件的事情，如流水一般從身邊流過，以一種看不見的方式帶走了一些自卑、一些緊張、一些小心翼翼的掩飾，而讓一個女孩的心靈漸漸的靈動起來，豐富起來，強大起來。

其實，成長的步伐豈是逃離可以逃離的呢？這裡逃離了，那裡一定會出現更多更長更寬的溝溝坎坎要你來跨越。所以，在我們這部小說中，我讓選擇逃離的蕭瀟在她自以為可以做女王的領地裡遭遇了一場意想不到的傷害。這是她必須的經歷。因為，在任何時候，逃離都不是明智的選擇。

非常喜歡新出現的一個詞語——優活，它是指一種身體和心靈的完美平衡，是一份隨時隨地都可以擁有的陽光、健康和快樂。不管你是十幾歲還是幾十歲，誰的心裡沒有過陰霾？誰的人生又會永遠是晴空萬里？可是你的心卻可以努力的朝向太陽的方向。

我小說中的女孩們性格各異，性情各異，命運各異，如果一定要用一個詞來概括她們之間潛在的共同點的話，那就是，不管她們活潑或沉默，快樂或憂傷，幸福或不幸，她們都在努力的學著做一個「優活」女孩！

親愛的女孩們，讓我們在這裡，通過文字，一起來描畫歲月的來去、春秋的更迭，一起來分享生命拔節的欣喜和痛楚、成長路途中的陽光和雨露；讓我們在這裡，以文字觸摸心靈的方式，再一次心心相印！

謝謝親愛的你們！

現在，這本書在臺灣出版了，我非常高興、非常激動、非常期待，同時也懷著一份忐忑不安的心情——不知道臺灣的讀者會喜歡這部小說嗎？我一直認為，不管年代如何、地域如何，只要同為女孩子，內心深處的那份對人對事的體認、感受，那份成長路途中的是非悲喜、柳暗花明，都是息息相通的。所以，我非常盼望親愛的臺灣讀者，也能喜歡這樣一部作品，這樣一部作品中的女孩男孩。

特別感謝幼獅文化公司，感謝為了這本書的一些細節問題多次透過郵件溝通的編輯朱燕翔小姐。只是帶著一點點希望和好奇將稿件發給了素不相識的朱小姐，沒想到很快就得到了熱情洋溢的回覆，並隨之而來嚴謹認真的出版流程。從小到大，我都是一個相信努力、相信善意、並且一直在源源不斷的得到回報的人呢。感恩一路走來的路上，所有給過我無私的友愛、支持和幫助的人們！

謝倩霓

二〇一六年二月五日

目錄

第一章 送別

我和蕭瀟坐在長途客運站候車室裡雪白的座椅上，一句話也不說。

我們的對面，坐著韓牧，他劍眉緊鎖，同樣一言不發。

我們還能說什麼呢？該說的都說了，但蕭瀟仍然選擇離開。

長途客運站的候車室裡，永遠都是這樣人聲嘈雜，空氣裡永遠都充滿著各種相互混雜又相互衝突的味道。我覺得自己的頭開始暈起來了，我開始盼著擴音器裡響起「到秀水的旅客請進站」的提示音。反正要走，還不如快點結束這煩人的等待吧。

秀水是一個小鎮的名字，是我和蕭瀟共同的家鄉。而韓牧的家，還要從秀水鎮進去好幾里路，是在更裡面的一個山村。

如果你坐車從這裡出發，慢慢的，筆直的高速公路沒有了；慢慢的，寬闊的水泥路面也沒有了；慢慢的，車窗外開始出現一座又一座山峰了。當路面變成了坑窪不平、只能並行兩輛車的道路；當山峰變成了連綿不絕、近在眼前的巨大屏障；當你的右手邊出現了一條蜿蜒而浩蕩的大河的時候，你就到秀水了。

半個月以前，我們從那裡出發，來到這座名叫藍湖的城市。我們是到這裡來念書的，到位於藍湖市東北角，著名的藍湖中學來念重點高中（編按：重點高中是指教育資源最佳、師資和學生都優於普通高中的學校）。

半個月以前，我們是多麼興奮啊！我們占據了秀水客運站那間小小的候車室裡中央的位置。秀水客運站的候車室裡沒有這樣雪白的座椅，只有不知哪個年代就擺在那裡的一排排顏色斑駁、破損不堪的長木椅，不過我們一點也不在意。我們三個人的爸爸媽媽、爺爺奶奶、七大姑八大婆，還有我們的老師，還有一些要好的同學，大家全部圍著我們三個，不斷的對我們說著話；我們呢，當然也不斷的對他們說著話。我看見蕭瀟的臉上紅撲撲的，眼睛亮閃閃的；韓牧的臉上也紅撲撲的，眼睛亮閃閃的。我看不見自己的臉和眼睛，但我肯定自己也跟他們一樣，臉上紅撲撲的，眼睛亮閃閃的。那個時候，我們覺得自己簡直就是春天裡最大最飽滿的一株花苞，只要風兒一吹，馬上就會嘩的一聲盛開成大地上最美麗的一朵鮮花！

我們誰也沒想到，時間僅僅過去了半個月，我們根本都還沒來得及打開哪怕一片花瓣，蕭瀟就選擇了逃離。

「你相信嗎？江荷，如果再在這裡待下去，我會死掉的！」蕭瀟高高的揚起她那對男孩子般濃濃的粗眉毛，咬牙切齒的說。她那雙小小的眼睛裡，是呼啦呼啦燒得正旺的怒火。「我一定要回家！」

「怎麼啦？又發生了什麼事？」我心驚肉跳的問她。

「她們居然叫我野人啊！那幫該死的女人婆！」蕭瀟狠狠的咬住嘴脣。「她們還把我的毛巾故意扯到地上踩！」

我看著蕭瀟紅紅的眼眶，不知道該說什麼才好。

相信嗎？在我們到校的這短短半個月的時間裡，蕭瀟每天都是在各種戲劇性的大大小小的事件衝突裡度過的。

本來，我們是很幸運的，我、蕭瀟、韓牧，我們三個人都分配在同一個班，可是我跟蕭瀟沒有分在同一個寢室。

誰也不知道是怎麼搞的，蕭瀟住到女生宿舍的第一天，就得罪了她寢室的其他五個女生。起因其實只是很小很小的一些事情：蕭瀟第一個到寢室，所以她的洗臉毛巾、漱口杯、肥皂盒等等，都占據了盥洗室比較優越的位置。不僅如此，她的床位本來不是靠窗的，可是她不知道床位是事先就分配好的，她毫不猶豫就占據了靠窗的一個位置最佳的床位。因為她是第一個到寢室的嘛，她覺得自己有權利選擇一個自己最喜歡的床位。

那個靠窗的床位本來的主人名叫錢蘇蘇，是藍湖中學初中部直升上來的學生，當然她的家也就在本市。藍湖中學要求所有的學生一律住校。

本來蕭瀟將床位換回給她，也就什麼事都沒有了。可是蕭瀟無法理解為什麼這個床位不是她的而是錢蘇蘇的。這種無法理解的事情，叫她做，她是很難去做的。

「誰說這個床位是你的？不是誰先來誰先占位嗎？」蕭瀟挑起她那濃黑的粗眉毛，瞪著她那對小小的單眼皮眼睛，怪異的看著站在她眼前的那個穿著一襲紅衣紅裙笑盈盈的女孩。她還耐心的對人家解釋，「你看我們坐公車，買東西，還有做別的事情，不是都要排隊嗎？不是誰先來誰就排在前面的嗎？」

「你沒仔細看入學注意事項吧？裡面都寫著呢。我們的分床名單貼在門後面。」那個穿著一襲紅衣紅裙的女孩還是笑盈盈的對她說。

入學注意事項是隨錄取通知書一起發到我們手裡的，密密麻麻的幾大張。我猜蕭瀟壓根就沒有好好看過。

蕭瀟推開圍著她看熱鬧的幾個人，跑到門口，也不管正站在門口的我和其他幾個別班的同學，她一把將門關起來——為了看貼在門後面的名單。

大約半分鐘之後，門又「砰！」的一聲打開。蕭瀟這次看到我了，她瞪著我，問：「你們寢室門後面也有分床名單？」

「是啊！」我點頭。

「你的床位在哪裡？」她又問。

「最外面靠近門的那張。」我回答。

「我也是最外面靠近門的那張！」蕭瀟的一雙小眼睛瞪得不能再大了，她很驚訝的看著我，「可是，這是誰分的？憑什麼分的？為什麼把我們都分在最靠外面最不好的一個床位？」

「我……我不知道……」我有些惶恐的看看她，又看看周圍站著的自己寢室的幾位同班同學。

其實，剛弄明白自己床位的時候，我心裡也湧起過和蕭瀟同樣的想法。我很快的抬頭瞄了一眼那個靠窗的床位的主人。那是一個個子高䠷、皮膚白皙的女孩子，她的臉瘦瘦的，眼睛卻很大，頭髮微黃而柔軟，微微卷曲披散在肩頭，整個人看上去有一種奇異逼人的明星氣質——是那種八卦新聞裡有家庭背景和緋聞無數卻又無法證實的那類女星的氣質。見我看她，她馬上朝我笑了一下，她的笑容大方、友好而又熱絡，就好像我們是早已熟識的朋友。我嚇了一跳，馬上傻乎乎的、不由自主的朝她笑了回去，似乎她的笑容裡有一種不可抗拒的呼喚。她的身上有一種奇怪的東西——具體是什麼我也說不清楚，但它足以讓我馬上就把心裡的一點點不快壓下去了——似乎在心裡覺得，最好的床位理應是給這樣的女孩子的。

後來我才知道，這個女孩名叫羅蘭，她也來自一個縣裡。但跟我們不同的是，據說她爸爸是縣長，或者是縣委書記，或者是別的什麼官。反正羅蘭自己從來不肯說明白，可是她又願意讓我們不斷的感覺到。

「我不同意這麼分！這擺明是歧視我們這些來自鄉下的孩子！我就要睡現在這個靠窗的床位！」蕭瀟轉過身，毫不猶豫的朝身後她的新室友們宣布。

錢蘇蘇一點也不惱，她臉上還是笑嘻嘻的，她輕盈的轉身，那條紅色長裙的裙裾在她雪白的小腿處旋成一朵美麗的玫瑰，她擠開看熱鬧的人群，走出了寢室。

「咦，這麼好說話呀？真是太好了！城裡的孩子就是大方！」蕭瀟高興的笑起來，她響亮的吹了一聲口哨，把所有人都嚇了一大跳。

我是知道蕭瀟會吹口哨的，她是我們初中同學中唯一會吹口哨的女生。她曾經死纏著要教我吹，可是我實在不好意思像男生那樣粗魯的把嘴脣噘起來，發出那麼奇怪的音響，所以我死活不肯跟她學。

蕭瀟快樂的跳到床上，開始繼續她中斷的鋪被褥的工作。

「蕭瀟，你還是照分好的床位來吧……既然老師已經分好了……」我走近蕭瀟，輕聲的勸她。

我有一種不好的預感，我覺得那個紅衣紅裙女孩的笑容裡，有一種好笑而蔑視的表情。那絕對不是大方的意思。

「可是，理由呢？」蕭瀟又高高的揚起她那對粗粗的眉毛。

「理由？我分個床位還需要給你理由嗎？」我們的身後響起了一個氣急敗壞的聲音。

我和蕭瀟一起回頭，我們看到門口站著剛認識的生活輔導老師，她身旁是錢蘇蘇，臉上依然笑盈盈的。

「馬上給我下來！把所有東西都搬到你自己的床位上去！」生活輔導老師震怒的看著自說自話的蕭瀟，「還真是見鬼了！我當了這麼多年生輔老師，分了這麼多年床位，還是第一次見到這樣隨心所欲的鄉下丫頭！告訴你，這裡是藍湖中學，不是在你那個鄉下的家裡，要懂得守規矩！」

蕭瀟有點被生輔老師罵懵了，她一言不發的跳下床，開始捲起自己剛剛鋪開的被褥。

生輔老師正準備離開，蕭瀟突然又回過神來，她停下捲被褥的手，衝著生輔老師的背影問：「可是，為什麼是我和江荷睡在最外面的床位呢？」

生輔老師猛的轉身，用一種無法形容的眼神盯著蕭瀟，一字一頓的說：「那麼你告訴我，誰應該睡在最外面的床位？」她指點著寢室裡站著的其他幾個女孩子，「是她，是她，還是她？你指出來，我就讓她睡到你說的那個最不好的床位上！」

蕭瀟暈頭暈腦的看著她，再看看站在周圍的幾個同室女生。她們正一起瞪著她，臉上流露著同樣惱怒的表情。

蕭瀟當然無法指認其中的任何一個。她咬住嘴唇，低下了頭。

我推推蕭瀟，將她推到一邊，自己動手替她捲起鋪蓋，放到靠門的那個床位上。

生輔老師吐出一口氣，說：「小小年紀，怎麼會這麼計較呢？所有的床位都是一樣的，哪裡還分有好有壞的？大家在一起過集體生活，一定要學會相互謙讓。好了，大家按照分好的床位各就各位，不要再鬧什麼名堂了！」

就這樣，蕭瀟莫名其妙的成了她們寢室所有人的敵人。

我跟韓牧默默的朝學校的方向走。

這真是一個美麗的城市呀，幾片蔚藍色的大湖散落在城市的幾個地區，將城市分割成幾座巨大的湖中之島。在島嶼的邊緣，到處都婀娜的伸展著有美麗弧度的湖岸線，岸邊綠樹成蔭、鮮花成群，這裡、那裡，時不時藏著一些美麗雪白的木椅。它們共同營造出這城市最浪漫的風情。

我和韓牧就走在這樣一條通往我們學校的湖岸線上。

這條湖岸線同樣有著流暢婀娜的身段，在它的兩邊，站立著兩排高大的銀杏樹，它們安靜整齊的排著隊，一直排到藍湖中學的校門口。

記得第一次與蕭瀟走在這條銀杏道上，是我們到校後的第一個黃昏。一吃完晚飯，我就迫不及待的拉著蕭瀟走出校門。我是多麼想去仔細的看一看剛才在車窗外一晃而過的那條神奇的道路呀！

一走出校門，我就覺得自己走進了一幅畫裡。

九月的太陽已經收斂了逼人的光芒，只是有些慵懶的伸出神奇的手指，隨意在天空中塗抹著橙黃的顏料。於是雲彩呀，遠山呀，樹呀，人呀，就都懶洋洋的全融在這一片黃澄澄的光影裡了。

我和蕭瀟心神恍惚的走在這黃澄澄的光影裡，看著眼前高大挺拔的銀杏樹，看著銀杏樹下和春天一樣嫩綠的青草，看著青草叢中悄悄的吐露著芳香的玫瑰花，看著玫瑰花邊上矮矮的、有著波浪般捲曲的靠背的白色長椅，以及腳邊碧綠的、蕩漾著微波的湖水。我們一句話也不說，我們只是睜大了眼睛，手拉著手，熱切的看呀看，看呀看。

在我們秀水，雖然滿山都是樹，可是它們從來都是東一棵西一棵的亂長，從來不會像這樣安靜整齊的排著隊；雖然秀水河清澈見底，可是它不是這樣碧綠碧綠的，也不是這樣一大片一大片的；最重要的是，它的邊上只是粗礪的沙灘和雜亂的蘆葦，有時乾脆隱沒在山裡，它從來也沒有這樣美麗動人的一直伸展出去、伸得多遠都能看得見的岸線。還有那些矮矮的、有著波浪一樣捲曲的靠背的白色長椅子，我們只有在那些浪漫的愛情電影裡才看過呀！

「啊，真是太美、太美了！」蕭瀟說話了，情緒激烈，但語調低沉，聽起來就像在喘息著耳語。

我還是沒說話，在這樣的畫面裡，我的舌頭彷彿喪失了功能。我只能用力的點著頭。

「真的跟江老師描述的一模一樣耶！」蕭瀟繼續用那種低沉而激烈的語調說著話，同時她牽著我的手突然用力，狠狠的在我的手掌心裡掐了一把。

這是蕭瀟心情激動時常有的動作。越激動她用的力氣越大。她把我掐得好痛啊，可是我沒有叫起來，也沒有像往常一樣猛烈的回擊她。我說不出話，只是更加用力的點點頭，一邊點頭還一邊朝湖那邊籠罩在一片朦朦朧朧霧靄裡的美景傻笑。

如果不是因為教我們數學的江老師用詩人一般的語言向我們描述過藍湖中學，如果不是因為他課堂上一貫嚴肅的雙眸裡突然放射出那麼熱切的光芒，我們哪裡想得到要跑到這麼遙遠的地方來念書呢！

據說，我們秀水是藍湖中學錄取範圍內距離最遙遠的一個小鎮。從我們秀水到藍湖中學，得先坐兩個多小時的小客車到我們縣城，再坐四個小時的大客車到藍湖市，然後再坐一個小時的計程車或一個半小時的公共汽車到藍湖中學——這是江老師告訴我們的。

據說，如果是別的地方的孩子到藍湖中學念書，週末的時候他們是可以比較方便的回家；

再遠一些的一個月左右也是可以回去一次的。我們就不一樣了，如果我們到藍湖中學去念書，沒有特殊情況的話，一般一去就得待上一個學期，一直到放寒假或者放暑假才能回家。

還據說，藍湖中學的學費非常昂貴，住宿費和伙食費也非常昂貴。

所以，在我們秀水這個小鎮，好像從來沒有家長願意花那麼一大筆冤枉錢送孩子到那麼遠的地方去念書的先例——只是念高中而已，又不是念大學！所以，我們秀水中學以前從來沒有人報考過藍湖中學，成績好的都報考縣一中，或者師範，或者農校，成績差一點的就留在我們秀水中學高中部就讀。當然也有一小部分的同學會就此輟學，外出打工。

我一直認為，我們秀水沒有人想到要報考藍湖中學，除了上面說的種種原因，更主要的原因是因為他們沒有遇到江老師，沒有站在數學教研室那窄窄的過道裡，聽江老師眼睛閃亮的描述藍湖中學。

所以，我和蕭瀟簡直可以說是最幸運的兩個人。

「我們要在這裡待三年呢！」蕭瀟將眼光從那綴滿無數扇形樹葉的樹頂上收回來，朝我幸福的傻笑。

我也將我的眼光從湖那邊籠罩在白霧，海市蜃樓般的美景裡收回來，朝她幸福的傻笑。

是啊，長長的三年，長長的三個三百六十五天，我們可以有多少次走進這片夢幻般的光影裡呀！

可是，蕭瀟，現在，時間才過去兩個星期啊，你居然就這麼跑了？所有這些大樹、湖水、草地、玫瑰，還有這些有著波浪般捲曲的靠背的白椅子，你都不想要了嗎？難道你就忍心把你多年的死黨一個人扔在這樣險惡莫測的環境裡，自己一個人跑回去？

「我沒辦法啊！我現在才知道，藍湖中學不僅有美景，還有那麼多嚇死人的東西！你知道嗎？我都感覺自己沒辦法進寢室了！而且我連進教室也害怕。我不知道城裡的女人這麼難弄，我真的不知道該怎麼樣跟她們打交道！」

說完這些話，蕭瀟看著我，突然哭起來了。

我默默的看著她。在我們小學六年加初中三年的同學時間裡，我從來沒有看過蕭瀟流眼淚！

我不再勸她了。

當廣播裡響起「到秀水的旅客請進站」的聲音，當蕭瀟即將走進驗票口，跟我們擁抱告別的時候，蕭瀟又一次哭了。

這一次，我也哭了。我的哭沒有聲音，但眼淚卻比有聲音的時候更加洶湧。

我真的沒想到，半個月前那麼豪邁光榮的出發，會迎來這麼短促而匆忙的結尾。

現在是正午，九月的太陽一點也不比盛夏的溫柔。即使走在銀杏樹那麼多小扇子一起簇擁成的寬大的樹蔭下，我還是感到熱浪一陣陣的侵襲。側臉看看身邊眉頭緊鎖的韓牧，他額頭上都滲出了一層細細的汗珠。

我掏出餐巾紙，遞給他。

「謝謝……」韓牧笨拙的接過，笨拙的說著謝謝。

可是，他卻拿在手裡，好像不知道我給他餐巾紙是要做什麼。

「你擦汗啊！」我只得提醒他。

「哦……」韓牧黑黑的臉一下子紅起來了。「不用吧，這有點太浪費了……」

他舉起袖子，使勁在額頭上擦了一把。然後，把手裡拿著的餐巾紙重新還給我。

這一下輪到我手足無措了，我沒想到他會有這樣的舉動。我只得傻傻的伸出手，將餐巾紙重新接過來。可是，那上面已經有溼溼的手指印了。

「哦……對不起……」韓牧看到那溼溼的手指印，慌忙又將餐巾紙搶過去。

「哈哈……」我一下子大笑起來。

這個男生怎麼這麼好玩呀！

在從秀水客運站出發以前，我和蕭瀟都不認識韓牧，我想不通他怎麼會也跑到藍湖中學來念書——難道他們學校也有一個江老師向他描述過藍湖中學嗎？他可是一個比我和蕭瀟更加地道的鄉下孩子呢！他家在我們秀水鄰近的一個更加貧窮的山區小鎮，他個子高大而笨拙，有著我們農村孩子慣有的結實體格和黑黑紅紅的臉龐。他皮膚黑，眉毛黑，眼睛更黑。他不喜歡說話，卻老喜歡皺著他黑黑的眉頭。在蕭瀟決定回家讀書以後，他只開口勸過一次，其餘的時間，他就一直這樣緊緊的皺著他粗粗黑黑的眉毛。

我一笑，他更不好意思了，他也嘿嘿的笑起來。

送別蕭瀟帶來的沉悶氣氛，終於沖去了一些。

只可惜現在我們已經到達校門口了。進了校門以後，我要往左拐，而他要往右拐。女生宿舍樓在校園的左邊，男生宿舍樓在校園的右邊。

我們相互揮手告別。

他的手裡，還緊緊的捏著那張餐巾紙呢。

我再一次在心裡笑起來。

回到寢室，才突然發現自己的肚子好餓好餓。剛才與韓牧一路走回來，一直沉浸在鬱悶的、帶著點張惶的心情裡，兩個人都忘了要吃飯這回事了。

我看看手錶，已經過了學校食堂吃午飯的時間了。

不過，也許食堂還開著門，也許師傅們還沒有完全收拾好那些巨大的盛飯盛菜的白鐵皮鍋子呢——當我第一次看見那些巨無霸般的鍋子時，真是嚇了一大跳！在我的想像裡，無論是要把那麼多大鍋子一個個填滿，還是要把它們一個個清空，都是一項非常複雜又費時的工作！

這樣想著，我就從自己的書包裡翻出飯卡，準備奔赴食堂。轉身的一剎那，一陣恐慌突然襲上心頭：現在真的剩我一個人待在這個地方了啊！再也沒有人陪我一起說家鄉話、一起手拉著手散步、一起上食堂吃飯、一起去澡堂洗澡、一起上廁所、一起走進教室了啊！

蕭瀟說她連走進教室也害怕，其實我也一樣害怕啊！我不知道我害怕什麼，反正每次走進教室，我心裡總是慌慌的，特別是當寶寶站在講臺上、用她一雙黑漆漆的大眼睛似笑非笑的瞟著你的時候。

寶寶是我們的導師，「寶寶」這個稱呼我不知道是怎麼來的，反正好像是到校第一天，就聽有同學在「寶寶」「寶寶」的叫了，應當是從藍湖中學初中部畢業的同學那裡傳過來的吧。

寶寶名叫沈寶嘉，作為一個老師，尤其是一個教物理的老師，寶寶實在是漂亮得有點太過分了。她身材高眺而豐滿，眉毛濃黑，眼神明亮，還有著完美的高聳的鼻線和嬌媚的唇形，以及好像用最精密的機器打磨過，光滑而圓潤的臉頰。她真是一個大美女，至於她為什麼沒去做明星，卻埋頭在這麼一所重點中學裡教物理，可真是一個令人費解的問題。

在見到寶寶的第一眼，我心裡就有一種快要窒息的感覺——不光是她那咄咄逼人的美麗，還有她眼神裡一種說不清楚的東西。我很苦惱自己經常會有一些奇怪的感覺——你怎麼也說不清楚，可是它就在那裡，清晰可感，伸手可觸。

「這個女人不會喜歡我的！我不知道為什麼心裡好怕她！」在屏住呼吸辦完報到後，我們一離開寶寶的身邊，蕭瀟就迫不及待的湊到我耳邊小聲的說。她呼哧呼哧喘著氣，好像剛剛經過了劇烈的長跑。

「啊？真的嗎？你真的這樣感覺？」我停下腳步，驚訝的看著蕭瀟。

沒想到蕭瀟的感覺跟我一模一樣！在我與寶寶對視的第一眼，我就清晰的感覺到，她一點也不想接納我，更別說喜歡我了！她在對著我微笑——這是作為一個導師對第一次見面的同學最基本的禮數，但當她快速掃過我一眼之後，我能鮮明的感覺到她微笑的眼神裡有一股拒人於千里之外的寒意。

好奇怪啊！是因為我們有些土裡土氣的衣著，還是因為我們僵硬的動作和拘謹的笑容？

「可是我們為什麼會有這樣的感覺呢？我們為什麼會怕她？她是多麼多麼漂亮啊！」我張

大眼睛，迷惑的看著蕭瀟。

「是，她真的好漂亮！比電影裡所有那些女明星都漂亮！可是我真的怕她！我覺得自己跟她好像是不同世界的人，我覺得她很討厭我！」蕭瀟停下腳步，茫然無措的看著我，她以前總是紅撲撲的胖臉蛋，此刻顯得煞白煞白的。

「怎麼會呢？你這感覺也太奇怪了！一定是因為剛才在寢室裡跟錢蘇蘇吵架，你的感覺還沒恢復正常吧！」我拚命壓制住自己心裡的不安，拉著蕭瀟的手，安慰她。

錢蘇蘇就是那個穿一身紅衣紅裙、跟蕭瀟爭搶床位的女孩，後來我們才知道，她所有的衣服都是這樣一身一身的，從頭飾到衣服到襪子到鞋子，全部是統一的顏色。有時一身紅，有時一身綠，有時一身紫，有時呢又一身白。據說從小到大，她的學業成績非常優秀，特別是理科，班上從來沒有人是她的對手。

蕭瀟的模樣令我難過，同學九年，我從來沒見過蕭瀟茫然無措、臉色煞白的樣子。

「你說，是不是我跟錢蘇蘇吵架的事，已經被她知道了？」蕭瀟的聲音更輕了，好像我們身邊有密探一樣。

「不會吧？」我的臉也跟著白了。

蕭瀟不再說話，我也不再說話了。我們手拉著手往寢室走，一路上都不再說話。

進了宿舍大樓以後，我說了一句：「知道了又怎樣？小事一樁。」

蕭瀟搖搖頭，鬆開我的手，走進她們的寢室。

只有我一個人知道，兩週以後蕭瀟的離開，不僅是跟她們寢室的女生有關，還跟寶寶冷漠、拒絕接納的眼神有關——這樣說其實也不公平，如果寶寶知道了，一定會憤怒的指責我們製造謠言。唉！反正這是一件無法說清楚的事情。

是不是我一個人留下來是不對的？是不是我應該跟蕭瀟一起離開？

或者，是不是一開始我就錯了？我根本就不該不聽爸爸的話，一個人任性的報考藍湖中學？

我舉著飯卡，環顧空無一人的寢室，心裡頓時覺得萬分孤寂。

蕭瀟，你現在在哪裡呢？應該快到家了吧。到家以後，你會去我們秀水高中繼續讀書。秀水高中將是多麼高興接納你呀！因為被藍湖中學和縣一中、師範、農校錄取過一遍後，我們的秀水高中簡直就沒有一個成績好一點的人了。他們一定會把你當女王一樣看待的！

這，其實也是你離開的原因之一吧。我們以前在秀水中學初中部，本來就是名副其實的女王呀！

寢室門突然被推開了，一個女孩走了進來。

「你幹什麼？還沒吃飯？」她看著我拿在手裡的飯卡，驚訝的問我。

女孩名叫歐陽紅，很奇怪的一個姓，很普通的一個名字。除了她的姓名，我對她還一無所知。之所以記住她的姓名，是因為「歐陽」這個複姓。我第一次遇到同學裡有姓複姓的。

其實不僅是她，我對同寢室的其他女生也一律一無所知。入學兩週，除了上課和晚自習的時間，其他時候我全都和蕭瀟在一起，我還沒時間去跟別人接觸呢。

「是啊，剛從外面回來，不知道還有沒有吃的。」我回答得竟然有點結巴。

身邊沒有了蕭瀟，這是第一次自己單獨跟一個基本上完全陌生的同學打交道，心裡竟然有些緊張呢！以前在秀水，好像每一個人都是生來就熟悉的，好像從來就不需要費一丁點心思去想應當怎樣與人打交道。

歐陽紅看起來也有點緊張的樣子，不過她說話的聲音卻一點也不緊張：「現在食堂肯定關門了！我上次比這個時間早去一刻鐘，食堂就已經關門了呢。你肯定白跑！」

「真的啊？」這一下我簡直有些茫然無措了。我愣愣的轉過身子，把飯卡重新塞回書包裡，就不知道該怎麼辦了。

「對了，我這裡有芝麻米粉，你要不要吃一點？很飽肚子的喔。」

歐陽紅熱情的說著。我還沒表示，她就已經手腳麻利的打開床頭櫃，取出一個大大的奶粉罐。

打開奶粉罐的蓋子，一股芝麻特有的芳香頓時彌漫了整個寢室。

「我媽媽自己磨的，炒熟的芝麻和炒熟的大米一起磨，是我們家鄉的特色小吃。要用開水沖成糊狀加糖吃，我這裡面已經加好糖了。」歐陽紅一邊舀了好幾大勺在我茶杯裡，一邊向我解釋。

她說話速度有點快，這一點跟我很像呢。

發現這一點，我不由得對她產生了一種親近感。

「夠了，夠了！真是謝謝你！」我雙手捧著茶杯，心裡充滿了感動。

「沒關係，你慢慢吃。」歐陽紅衝著我笑一笑，然後坐到自己的床鋪上。她的床鋪在我對面，也是最靠近外面的一張。

沖過開水後的芝麻米糊更是香得鋪天蓋地。我浸在這一片香氣裡，一邊狼吞虎嚥，一邊偷偷的看那個倚著床柱、開始認真看書的女孩。

她個子不高（好像跟我差不多），皮膚有點黑，臉上有些許雀斑。她的鼻子很挺，嘴唇很薄，流露出一股女孩子少見的剛毅和果敢。

我大口大口的吃著熱乎乎、香噴噴的芝麻米糊，心裡湧起一股暖流。

第二章　輕寒

寶寶站在講臺上，正在宣讀臨時班級幹部的名單。

我告訴自己不要有所期待，可是心裡的一個角落卻頑強的響著一個聲音：也許……有可能……因為我入學成績是班上第八名，模擬考成績是班上第六名，而且，我小學到初中一直擔任班長或康樂股長的職務，我每一次學期總成績都被寫上類似「工作熱忱認真、工作經驗豐富」的評語。所以……也許……或者，至少……

當然，沒有也許，也沒有至少。

班長是錢蘇蘇，康樂股長是羅蘭。

學藝股長是一個名叫莫劍鋒的男生。他是一個天生的「超級男聲」，有著挺拔的身材、輪廓分明的臉型和酷酷的眼神，是那種所有人看一眼就會喜歡的類型。後來我們才知道，他和錢蘇蘇是初中同學。

我什麼也不是，連一個科目小老師也不是。班級幹部裡面也沒有韓牧和歐陽紅的名字。

歐陽紅的成績我沒太留意，但韓牧的成績我倒是記得很清楚，別的同學一定也都記得很清楚，因為他的入學成績和模擬考成績都是班上第三名。成績這麼好，為什麼班級幹部也沒有他的分？

下課了。我努力的調整自己臉上的表情，我希望自己不曾顯出任何期待和失望的痕跡。

啊，我討厭自己有過期待，並且還因為期待落空而失望。我討厭，真的非常討厭！

還有，我討厭自己有受傷的感覺。

受傷，就意味著你是弱者和可憐蟲。

這是我無法容忍的感覺。

我使勁晃動了一下腦袋，彷彿這麼一晃，就能把心裡不適的感覺去除。然後，站起身來。

也許，一切的一切，都是因為自己突然少了一個閨蜜吧——我旁邊的座位，現在正空空的，就像一個可憐兮兮、張著大嘴討飯吃的孩子。

那本來是蕭瀟的座位。

如果蕭瀟還坐在這裡，她肯定會為幹部名單裡竟然沒有她而驚訝。她是不是會跳起來問寶寶：為什麼我和江荷不能當幹部？我們以前一直當幹部的啊！我們從小學一年級起就一直當，一直當到初三畢業啊！

唉，也許，蕭瀟根本就不敢跳起來吧！她好像真的被寶寶、被生輔老師、被錢蘇蘇、被很多還叫不出名字的同學嚇壞了！

其實，蕭瀟離開後的這兩天，我一直在想一個奇怪的問題：蕭瀟是多麼熱情豪爽的人呀，我們初中的時候還叫她蕭大俠呢。一切都才剛剛開始，或者都還沒來得及開始，她怎麼會就繳械投降、落荒而逃了呢？

而一直優柔寡斷、瞻前顧後的我，竟然留下來了！

為什麼會是這樣呢？我想不明白。

我的桌上攤了一堆東西——這是我自小學一年級起就開始養成的毛病。我手忙腳亂的收拾著書本、筆記本和文具，一邊側頭去看坐在我左方後一排的歐陽紅。我想，我要不要招呼她一起上食堂呢？

我正要開口招呼歐陽紅，卻見坐在她後面的一個女生突然伸出手，親熱的在歐陽紅肩上拍了一記。

「走吧？」她說。

「好啊！」歐陽紅回過頭去，笑著回答她。

我呆呆的站在那裡，看著她們兩人背起書包，肩並肩走出了教室。

她們誰都沒有注意到在自己的座位上眼巴巴的看著她們的我。

我知道那個女生名叫沈小恬，她不是我們同寢室的，她跟錢蘇蘇和蕭瀟同個寢室。她有一張有點扁平的臉，身材有點胖，整個人看上去有點笨拙；但她笑起來的時候，臉頰上會露出兩個甜甜的酒窩，這會讓她一下子顯得非常可愛。我以前一點也沒注意到她跟歐陽紅原來這麼要好。

原來歐陽紅已經有自己的閨蜜呀！

我剛剛好不容易鼓起來的勁，一下子又洩了。

教室裡差不多沒有人了，我才悵悵的背起沉重的書包，一個人晃出教室，默默的朝食堂走去。

一個人坐在人聲鼎沸的食堂裡吃飯真的好悶啊！我正襟危坐，目不斜視，彷彿所有的注意力都被眼前的飯菜吸引住了——我只有擺出這副姿態，才能比較放心的認為自己不會被當成笑柄和可憐蟲。事實上，我的耳朵正像一隻警覺的兔子般靈敏的豎起，我好想聽聽那些一群群興高采烈的湊在一起吃飯的人，都在講些什麼有趣的事。

突然，我眼角的餘光瞥見了一個熟悉的身影。

我趕忙抬頭，一看，真的是韓牧！他手裡舉著兩個饅頭，正從買飯的隊伍裡擠出來。

「韓牧！」我像掉進水裡的人撈到了一根救命稻草一樣，朝他大叫起來。

韓牧抬起頭來，看到了我。他的臉上——天哪！他的臉上，居然現出了滿臉的驚嚇，就像他無端的撞見了鬼一樣！他慌亂的朝我點點頭，又莫名其妙的朝我搖搖手，見我盯著他手上的兩個饅頭，他顯得更慌張了，他突然掉轉身子，從另外一條飯桌之間的過道處迅速的跑向門口，頭也不回的消失在門外。

我目瞪口呆的看著他的背影在視線裡消失。他是怎麼啦？偷人家東西了呀？這麼緊張！或者，他不喜歡跟我這個孤單的女生坐在一起吃午餐？

哼，一定是這樣！還老鄉呢，真可惡！

我惡狠狠的朝嘴裡塞了一大把炒黃豆芽——我原本買的是黃豆芽炒肉片，但我只得到黃豆芽，裡面基本上沒有肉片！黃豆芽特有的一股青澀的味道，頃刻間布滿了我的每一粒味蕾。好難吃的菜啊！又硬又粗的，好像根本就沒用香噴噴的油炒過，而且好像根本就沒放鹽！

我跟蕭瀟第一次進食堂的時候，我們曾仔細的研究了一下食堂的菜單。我們首先被它昂貴的價格嚇了一大跳——果然名不虛傳啊！它每一道菜的價格，都比我們秀水中學要貴上整整一倍！當然，我們沒有被它嚇倒，因為我們馬上就商量出一個點菜的竅門：我們可以點那種葷素相混的菜呀，比如冬瓜炒肉片、黃瓜炒雞蛋、蘿蔔燒排骨，諸如此類的。這樣，我們只需要點一道菜，就可以既吃到葷的，也吃到素的，營養就不會缺乏了。我們離家的時候，在那個只有一排排顏色斑駁的長木椅的秀水長途客運站裡，江老師和江師母曾一再的交代：在外面念書雖然不能亂花費，但伙食上一定要注意啊，點菜的時候一定要做到葷素搭配，不能光吃葷的，也不能光吃素的，營養一定要均衡啊！

但是，令我們氣憤的是，很多時候，菜譜上明明寫著ｘｘ炒肉片，或者ｘｘ燒肉，但是菜裡面卻基本上只有那個ｘｘ，而沒有肉。害我和蕭瀟每次拿到飯菜，首先做的事就是把菜徹底翻一遍，看裡面到底有沒有藏著肉。可結果呢，總是讓我們有種上當受騙的感覺。而更嚴重的後果是，那個沒有肉的菜老是害我還沒到吃飯時間，肚子就餓得咕嚕咕嚕亂叫一氣了。

我嚼著那缺油少鹽、難吃至極的黃豆芽，心裡一片淒涼。

老實說，雖然我不是個城裡孩子，但以前在那個小鎮的家裡，也是外婆寵奶奶愛，爸爸關心媽媽牽掛的；雖然不是每天吃山珍海味，但油水還是充足的，每頓吃魚吃肉也不算什麼大事。如果中午我不想回家吃飯了，我就拉著蕭瀟，也不讓她回家吃飯，我們一起到校門口的小店裡買點滷菜，然後混在一堆住校生裡嘻嘻哈哈一道吃——在我們秀水中學，也是有很多住校生的，他們的家在離鎮上十幾里甚至幾十里的山裡，通常要到週末才回家。

我什麼時候這麼淒淒慘慘的一個人吃過飯呀！而且就只吃這點難吃極了的黃豆芽！

唉，我是不是真的腦殘了？為什麼非要跑到這麼一個莫名其妙的地方來受罪呢？

我不僅自己受罪，當初還把爸爸媽媽弄得非常頭痛。

當然我的爸爸很開明的，他不會明白反對我到藍湖中學去念書，可是他說了很多很多話，這些話都準確無誤的指向同一個意思。

爸爸說，如果我放棄藍湖中學，而到我們縣一中讀書，我每天都可以到住在縣城的姑姑家吃飯；要是我願意，也可以住在姑姑家裡，不用去住校。我的生活條件和學習條件都會非常好，一點也不會比那些家在縣城裡的同學差。

爸爸說，如果我放棄藍湖中學，而到我們縣一中讀書，憑我的中考成績，我一定會成為老師的寵兒，所有的好事都會到我頭上來。而藍湖中學，一定高手如雲，如果運氣不好，也許我只能做一個雞尾巴——還不是鳳尾巴呢！而且，我們縣一中的教學品質一點也不差，有那麼一兩次，全省高考理科狀元還是我們縣一中的人奪得的呢！

爸爸說，我們家經濟條件不寬裕，雖然家裡只有我一個孩子，雖然他和媽媽都有比較穩定的收入，可是爺爺奶奶、外公外婆都沒有任何經濟來源，都得靠他和媽媽養著。鄉下還有叔叔伯伯阿姨姑姑舅舅等一大堆的親戚，他們隨時都有可能要我們家接濟。藍湖中學學費那麼貴，生活費也那麼貴，家裡出了學費以後，頂多只能保證我有米飯吃，不餓肚子，至於大魚大肉或者衣著玩樂方面的東西我就別想了。如果別的同學家境都很好的話，我會過得很窘迫、很不舒服的。

爸爸說，我念書比一般孩子早，所以年齡比班上同學都小，我這麼小就跑到那麼遠的地方去寄宿，一個學期才能回來一次，我會想家，會不習慣的。他跟媽媽也不放心……

總之，我那個師範學校畢業就在秀水中學初中部教數學的爸爸，就像一個算命師一樣，憂心忡忡的替我預想了很多很多的事情。我知道他的中心思想只有一個，可是我鬼迷心竅，統統不予理睬。我斬釘截鐵的告訴他：「可是爸爸，我只想到藍湖中學去念書，就算是每天吃鹹菜，我也想到藍湖中學去念書！就算是每天吃魚吃肉，我也不想到縣一中或者任何一所學校去念書！」

我意志堅決的直瞪著站我面前的爸爸媽媽。為了使這次談話更慎重，爸爸媽媽是特意一起出面的。媽媽雖然沒說話，可是爸爸每說一句話，她就使勁點一下頭。她向來是爸爸最忠實的隨從。

爸爸媽媽被我瞪得有點羞愧的垂下了眼睛。嘻嘻，以一堆冠冕堂皇的理由阻止孩子到更好的學校去求學，總不是一件光榮的事嘛！

我相信，那個時候的爸爸懊惱得恨不能咬下自己的舌頭。要知道，是他自己在一年前，親自把到藍湖中學念書的夢想的種子，植入到我和蕭瀟的心裡的。

那個時候，爸爸正坐在秀水中學初中部數學教研室的座位上，所以我就不叫他爸爸，而像別的同學一樣叫他江老師——這是他特別要求的，凡是在學校範圍內，不管跟前有人沒人，我都得叫他江老師，他說這樣我才會擁有對老師該有的敬畏。

江老師抖著我跟蕭瀟的數學期末考試卷子，高興的說：「你們這兩個女孩子，還真有數學的天分！這套藍湖中學初中部的中考模擬卷難度很大，你們竟然都拿了滿分！」

我和蕭瀟並排站在數學教研室窄窄的過道裡，開心的看著抖動的試卷上，那根紅通通的小棍子和那兩個紅通通的小圓圈擁抱在一起快樂的跳舞。我甜甜的對江老師說：「這都是江老師教導有方。」

蕭瀟噗哧一聲笑起來了。

江老師也有點想笑的樣子，不過他很努力的控制住了——好多次我用這樣的方式想逗江老師發笑，他都不上當。這人很沒勁的吧！

他不僅沒笑，還裝出一副很嚴肅的樣子。他看看我，看看蕭瀟，然後說：「你們兩個人，完全有報考藍湖中學的實力！」

「藍湖中學？」我和蕭瀟驚訝的相互看看，我們沒想到江老師會突然蹦出這麼一句話，我們更沒想到自己和那個神祕遙遠的藍湖中學會有任何牽連。

我們的心兒開始怦怦怦的亂跳起來。

「藍湖中學是什麼樣子？」我問江老師。我知道他剛剛從藍湖中學回來，他到那裡去參加全市組織的一個初中數學教學研討會，還帶回好幾套藍湖中學初中部的模擬考卷。

「藍湖中學啊，那可真是一個漂亮得沒法說的地方！」

江老師在課堂上一貫嚴肅的雙眸裡，突然放射出一種亮晶晶的光彩，就像陽光照射下晶瑩剔透的朝露。他的眼睛掠過數學教研室簡陋的桌椅，掠過我們的頭頂，遠遠的望向我們身後的窗外：

「藍湖中學的房子都是紅磚房，一幢一幢排在樹蔭裡，就像是童話故事裡的神祕城堡。藍湖中學的大門外是一片蔚藍色的湖水，有一條種滿銀杏樹的步道通向市區，銀杏樹又高又大，落下滿地的陰影；步道邊全是玫瑰花，一走近花叢，就能聞到那又香又甜的氣味；玫瑰花叢裡還有白色的靠背椅子呢，那些靠背可真漂亮啊，就像燙過的頭髮一樣……」

突然響起的上課鈴聲把江老師夢幻般的描述打斷了。江老師和我們都猛然從那些紅磚房、銀杏樹、玫瑰花和靠背椅裡驚醒過來。江老師臉紅了。江老師是很少臉紅的，至少他是不太讓我們看到他臉紅的，他一臉紅，就變得一點也不像個老師，反而像個羞澀的大男孩了。他笨拙的一揮手，說：「你們兩個，趕緊給我到教室上課去！」

我和蕭瀟做夢般的轉身，做夢般的回到教室，做夢般的坐下。然後，我們對望一眼——從各自張大著、做夢般的眼睛裡，我們清晰的看到：江老師剛剛播下的種子，嘩啦嘩啦的在我們心裡瘋狂的發芽了。

帶著滿嘴豆芽的青氣走出食堂，踏上人潮已經散盡、顯得有些空曠的小路。遙遠的西天邊上，落日已經被黛青色的山峰線吞噬下一大半，只剩下小半截紅得有些詭異的太陽，靜靜的貼在那裡。

初秋向晚的風吹到身上，吹進單薄的襯衫領口裡，有股微涼的輕寒。

心裡再一次湧起悽惶的感覺。就像一隻落單的小雞，踟躕在茫茫的暮色裡，找不到同伴，也找不到回家的路。

身邊偶爾晃過的都是些素不相識的人。

一股思家的狂潮，突然鋪天蓋地迎面襲來，一下子將我全身淹沒。

在那漸暗的天光裡，我彷佛看見爸爸正甩著手在校園裡快步如飛，我彷佛看見媽媽正在家裡整潔的廚房裡哼著歌兒忙碌，我彷佛看見我那些死黨們正在秀水中學小小的水泥操場上喧鬧的嬉戲……

我的眼裡頓時盈滿了淚水。

一位臉上長滿大粒大粒紅痘痘的學長走過身邊，驚詫的看了我一眼。我一低頭，閃身躲進了路邊一片小樹林裡。

穿過這片小樹林，就是學校大門了。

我突然很想走出校門，到那條有著高大的銀杏樹、有著青青的小草和芳香的玫瑰花、有著鬈髮一般靠背的白色長椅的步道上，我好想去看看它們。

在這個沒有親人、沒有朋友的地方，它們就像我的親人和朋友一樣。

天光已經有點暗淡了。天空中不再有上次好像要把我和蕭瀟融於其間的那種黃澄澄的光亮，現在縈繞樹枝間的是一片安靜的淡青色。步道上沒有行人，沒有車輛，連小鳥也都安安靜靜的躲在樹葉後面，沒有發出一點聲音。

銀杏樹葉已經微微的有了秋意，它們張開的小扇子上，已經被陽光刷上一層淺淺的黃顏料了。在淡青色的天光裡，它們靜悄悄的散發出一種神祕而又迷人的光亮。

突然，我停下了腳步。在一塊往湖裡凸出去的湖岸處，我看到了一棵與眾不同的銀杏樹。

這一定是這裡最老的一棵銀杏樹了吧！它的樹幹好粗啊，好像要兩三個人拉著手才能環抱起來。它的樹皮差不多掉光了，裸露的軀幹上滿是一道道歲月的痕跡，就像老人手臂上的青筋，一根一根的鼓突著，充滿著滄桑的生命力。

這棵銀杏樹在這裡站了有多少年了呀？上次我和蕭瀟竟然沒有發現它呢！

我慢慢的走近前去，伸出手，輕輕的觸摸樹上那些鼓突的青筋，它們有種堅硬的質感，就像石頭一樣。

這時我突然發現，在這棵老樹的背後，在更靠近湖水的地方，還藏著一個矮矮的、粗大的樹墩子呢。是死掉的另一棵老銀杏樹嗎？它被鋸成一個平平整整的凳子了。

樹墩子的底部，與那棵老銀杏樹緊緊的挨著。它們埋在泥土裡的根鬚，一定還緊緊的纏繞在一起吧！

記得在書上看過，銀杏樹是雄雌成雙的。這兩顆老銀杏樹，一定是這條歷史悠久的湖岸線上最早的兩棵樹了。那些年輕高大的銀杏樹，都是它們的子孫嗎？

我喜歡這樣的想像。這樣，這個樹墩子變成的樹凳子就不會令人感覺難過了。

我輕輕的坐上那個平平整整的樹凳子。

樹凳子好寬大呀，坐好以後，我的一雙手還可以撐在兩邊。

現在，我離那玻璃般清澈湛藍的湖水是那麼近，彷彿只要我一伸腳，就可以沾到湖水。我深深的吸一口氣，感到自己的身體吸滿了清新而潮溼的湖面上的空氣。

唉，蕭瀟，蕭瀟，那個時候我們怎麼沒發現這棵老樹、這個緊挨著老樹的樹凳子呢？如果那個時候發現了，我們就可以一起坐在這個樹凳子上了。蕭瀟，你知道嗎？坐在這個樹凳子上，好像能聽到身後的老銀杏樹在呼吸似的。它的呼吸聲就像它站在這裡的樣子，安安靜靜、舒舒緩緩，好像它能夠散發出一種獨特的氣息，好像它能夠不出聲的安慰你似的。

我的心裡真的安靜下來了，真的允滿了一種無言的慰藉。

我脫掉腳上的運動鞋，將一雙腳一起提到樹凳子上。我雙手抱著膝蓋，安安靜靜的聽著身後老樹靜悄悄的呼吸聲，看著湖面上一層層細碎的波紋輕輕的在微涼的晚風中蕩漾的樣子。

我的心安靜而澄澈，似乎還帶著一點點微酸的甜蜜。

我任憑這種前所未有的感覺，如空氣般流遍我的全身。以前無論到哪裡，總是有女同學吵吵鬧鬧的陪同。原來一個人待著，也未必是孤獨和憂傷。

我突然很想學蕭瀟吹口哨。

我對著湖面，噘起嘴脣，小心翼翼的試著把嘴裡的氣流往外送。我的雙脣間發出一種怪怪的、好像破了笛膜的笛子吹出來的聲響，把我自己嚇了一大跳。

繼續試。

繼續試。

繼續試。

……

嘴脣越噘越高，越噘越圓，聲音也漸漸的流暢、清亮起來。是不是成天跟在蕭瀟身邊，耳濡目染之下，我已經做到無師自通了？

唧唧！突然，我身後的樹上，傳來了小鳥清脆的叫聲。

我一邊仰頭去找小鳥，一邊更加響亮的吹了一聲口哨。

唧唧！小鳥也更加清脆的回叫了一聲。

哈哈，小鳥，你藏在哪裡呢？你是在回答我的口哨聲嗎？

可是，找來找去，我只看到一叢叢密密的擁擠在一起的小扇子樹葉。

不找了。沒有時間了。我要回去上晚自習了。

我站起身來。

小鳥，再見了。

快到校門口時，我又響亮的吹了幾聲口哨。我吹出來的聲音流利極了，就像蕭瀟那樣的老手吹出來的聲響一樣。

哈哈，早知道吹口哨會有這種灑脫又痛快的感覺，我老早就跟蕭瀟一起吹了！

走進校門往右拐，穿過一條彎彎曲曲的小路，就到我們宿舍了。

遠遠的，我們宿舍大樓的燈光亮起來了。

正像爸爸描述的一樣，我們的女生宿舍是一幢四層樓的長長的紅磚房，它掩映在綠樹叢中，在淡青色的天光裡，它亮著燈光的模樣就像一幢溫暖的宮殿，顯得美麗極了。

我站在小路的邊上，望著它，第一次在遠遠的外面感受它的美麗。

在心裡，又一次可惜蕭瀟已經離開了。她只在那裡面感受到緊張和氣惱，都沒來得及站在外頭好好的望它一眼呀！

等下次寫電子郵件給爸爸的時候，我也給蕭瀟寫一封信吧，我要告訴她這個。當然還要告訴她老銀杏樹和它身後的樹凳子的故事，還有我這個天才一下子就學會吹口哨的故事。

我爸爸是個有點奇怪的人，他要求我每週寫一封電子郵件，向他彙報我一週的學習和生活狀況，他說書信跟電話、手機簡訊完全是兩回事，電話只能作粗淺的口頭表達，而手機簡訊只是最簡短的通訊，書面文字才能讓人靜下心來，考慮一些東西，整理一些東西，並要在腦海裡組織好語言，將它們表達出來。他說我一個人出門在外，應當養成按時梳理和反思自己的想法、學習方式和生活概況的習慣。

現在，我覺得爸爸說得很對。像這個關於紅磚房的事情，還有關於老銀杏樹和樹凳子的事情，如果在電話裡說，會讓人覺得好奇怪，而手機簡訊呢，根本就說不清楚。

我再次瞭望遠方那掩映在淡青色天光裡，彷彿發出一片玫瑰色光彩的紅磚房，轉身朝教室的方向走去。

這一次，一個人走在路上，走在熙熙攘攘朝著教學大樓湧去的陌生的人流裡，心裡已沒有孤苦無依的感覺。

我送給自己一朵小小的微笑。

第三章　發現

我站在教學大樓前那高大的門廳裡，眼花撩亂。

我們的教學大樓仍然是紅磚紅瓦的老房子，不過它的結構與宿舍大樓不同。它的底樓中間部分是一個巨大、空曠的門廳，由四根粗大方正的紅磚柱子支撐著。這些柱子和大廳左右兩邊的牆壁是作為學校的宣傳牆和布告欄所在地。

就在頭一天晚上，我們下晚自習，回宿舍大樓的時候，這些柱子和牆壁看上去還是空蕩蕩的，第二天一大早，它們突然就被不知從哪裡冒出來的花花綠綠的宣傳海報全部侵占了！

我不得不再一次嚴重意識到，自己真的是一個孤陋寡聞的鄉下孩子！

我從來沒有想到過，在高中校園裡竟然可以有這麼多、這麼豐富的社團和活動。我真是太驚訝、太開心、太……太……太興奮了！我的眼睛瘋狂的掠過哈哈動漫社、航模先鋒隊、藍湖文學社、DV一線聯盟、小伍HIP-HOP街舞秀……，每一個社團都用大幅的海報、精采的畫面來展示自己，宣傳自己，每一個社團都希望在我們高一的十個班級中拉攏新的生力軍，以補充高三成員退役的空缺。

據說這是一年一度的招收新會員競爭活動。

突然，我的眼睛被一把巨大的小提琴黏住了，再也挪不開。

不對，不對，這不是小提琴，只是一個高音符號，準確的說，是一張高音符號海報——別的海報都是長方形或正方形的規規矩矩的大白紙，只有這張海報，別出心裁的裁剪成一個巨大的高音符號的模樣。它的邊線誇張而圓潤，帶著由黑到紅再到紫的漸層色，高高的掛在那裡，發出一種靜默而強烈的召喚。

在它的上半部分，用漂亮的美術字寫著兩句話：

歌喉深處

將綻開最美的華年

在它的下半部分，那個圓鼓鼓的大肚子裡，用同樣漂亮的美術字寫著一句話，是沿著圓鼓鼓的弧線環形排列的：

你，心動了嗎？來與「星星索合唱團」同行吧！

星星索合唱團？這個學校還有合唱團呀！

我屏住呼吸，朝海報湊近一些，在高音符號的底部有一些較小的黑體字書寫的報名條件。

條件非常簡單：熱愛唱歌。有團隊合作精神。音質優美。有一定音感。略懂五線譜。

就這些？我覺得自己非常非常符合這些條件呢！

「嗨！你想參加合唱團嗎？」

我的肩膀突然被重重的拍了一下。

我嚇了一大跳。我想不出來這裡有誰會像一個老朋友這樣拍我。回頭一看，原來是羅蘭。

她擠在人群裡，清瘦白皙的臉蛋紅通通的，大大的眼睛裡閃著亮亮的光。

我臉紅了，想點頭又不好意思，我不知道自己是不是真能參加這個名字那麼美麗的合唱團，還有，我馬上想起來羅蘭是我們班新任的康樂股長，她肯定是要報名參加星星索合唱團的吧。

不過羅蘭好像並不需要我的回答，她很興奮的說：「告訴你哦，我想參加小伍HIP-HOP街舞秀！你知道小伍是誰嗎？他是高二的學長，他好酷好帥！街舞跳得超好的！我要跟他學跳街舞！」

「啊？學跳街舞？你喜歡跳街舞？」我驚訝極了。在我的印象裡，街舞好像都是男孩子跳的，我沒見過有女生跳街舞的。

「以前不喜歡，現在喜歡也來得及呀！」羅蘭的眼睛裡閃著亮晶晶的光芒。

「那，你不參加星星索合唱團嗎？」

「合唱團？No！」她很乾脆的說，「我才不喜歡一大堆人聚在一起唱歌呢，傻得要死！要唱我就一個人唱！而且，星星索合唱團的指導老師是一個叫王一川的乾癟老頭子，一點兒也沒意思。」

天，羅蘭在說什麼呀？小伍、王一川，她怎麼什麼都知道的？還沒來得及等我發問，羅蘭突然轉身，一下子擠到人群裡，很快就消失了。就像她突然出現一樣。

我呆呆的站在那裡，半天回不過神來。

羅蘭說得沒錯，星星索合唱團的指導老師王一川真的是一個老頭子，可是我非常生氣羅蘭竟然用「乾癟」兩個字來形容。他是一個多麼有風度、多麼有氣質的老先生呀！他有一頭銀白的、整齊的梳向腦後的頭髮，一張布滿皺紋但乾淨清爽的臉龐，他戴一副一塵不染的金絲邊眼鏡，他穿潔白的襯衫和熨燙出筆挺褲線的藏青色西褲。他的襯衫領子一絲不苟的豎起在他挺得直直的脖子處，發出一片小小的、耀人眼目的白光。

他望著我，和藹的微笑說：「這位同學，你想報名參加星星索合唱團嗎？」

他的聲音真特別，一種非常純淨的男高音，好像是從胸腔深處發出來，再沾上一點點歲月的風塵，帶上一點點蒼涼的味道。

「嗯！」我使勁點一下頭，緊張的咧開嘴，露出一個微笑。我真希望我的笑容美麗又動人，好掩蓋我矮小的模樣和不入流的衣著。合唱團畢竟是有表演性質的吧？他對模樣有嚴格要求嗎？

「那麼，說說你的理由。」王一川仍然和藹的微笑，仍然用那樣特別的聲音說著話。

「嗯……我……我喜歡唱歌，具有團隊合作精神……而且，我的音質……我覺得我的音質比較好，還有……我……我也有一定音感，也略懂五線譜……」

「哈哈！」王一川突然大笑起來，「你這個女娃子，滿好玩的喲！」

我被他的笑弄得更加緊張了。叫我女娃子，還好玩，什麼意思呀？

「來來來，到這邊來，讓我們聽聽你的音感和音質。」

王一川臉上保持著開心的笑容，站起身，走到屋子的另一頭。原來這裡擺著一架鋼琴。

他打開琴蓋，坐下，手指隨意在琴鍵上敲出幾個音：「我彈一個音，你仔細聽清楚了，然後用『啊』唱出這個音就可以了。知道嗎？」

我緊張的點點頭。我沒想到還要當場測試。

王一川凝神靜氣，然後短促有力的敲下一個單音。

我隨著這個音唱出了一聲「啊」。

他點點頭，隨後敲出另外一個音。我唱出來後，他又換了另一個更高的音……

我心裡突然一點也不緊張了。如果只是這樣的測試，那麼這個可一點也難不倒我。因為，在我還很小的時候，我那在秀水鎮當幼稚園老師的媽媽就經常這樣逗我玩。她彈一個音，然後讓我跟。她越彈越高，我越跟越高。一直到我的嗓音尖得像一根拋到空中的細線、再也看不見了，媽媽才心滿意足的停下來，笑嘻嘻的說：「啊，我們家要出一個歌星了！」

當然，媽媽彈的不是鋼琴，只是一架比較簡易的電子琴。在一個小鎮上的幼稚園裡，有一架電子琴已經很不錯了。

媽媽曾教過我彈琴，可是我不喜歡彈琴，我只喜歡唱歌。唉，那些個蝌蚪一樣的小音符辨認起來實在是太煩人了！還有那些指法，真的很麻煩！我沒那個耐心練那些東西，我只希望媽媽彈琴，我跟著唱就好了。我太喜歡唱歌了！

其實媽媽的水準也很有限，她也只是在師範學校讀書的時候學過一點點。不然，她應該不會那麼輕易放手，我也沒那麼容易逃脫的。

王一川突然停下來。

我嚇了一跳。我唱錯了嗎？怎麼就停下來了？我還可以高上去好幾個音呢！

王一川目光炯炯的看著我：「你以前受過專業訓練？」

「沒——」我臉紅了，我不知道我跟媽媽之間的那種小遊戲算不算是專業訓練。

「你的音感確實是非常好，很多人只聽一個音跟唱的話，很容易找不到調的。」王一川意外而高興的看著我，「你的音質也非常好，而且音域很廣，是非常清亮乾淨的女高音。雖然還沒有完全成熟。」

真的嗎？我的聲音這麼好嗎？而且還屬於女高音？我媽媽可從來沒有這麼專業的告訴過我呢！

我心裡真是快樂極了！我按捺住怦怦亂跳的心，勇敢的抬起眼睛來望著王一川：「那……王老師，我可以進合唱團嗎？」

「當然！」王一川笑容可掬的看著我，「這週五放學後，你就可以過來參加訓練了！我們每兩週訓練一次。沒有特殊情況不許缺課喔！」

「我不會缺課的！」我慌慌張張的朝王一川鞠了一個躬，轉身跑出音樂教室……

我真希望有一個人來分享我的快樂呀！

一走出音樂教室，我馬上就發了一個簡訊給蕭瀟。我和蕭瀟都是到藍湖中學來上學的前夕才匆匆忙忙一起去買新手機，都是很便宜的雜牌子，之前我們都沒有自己的手機。

蕭瀟回信超快，好像總是在我剛發送完畢，她的回信就追過來了：「哈哈，合唱團？哈哈！荷啊，你太幼稚了！」

什麼啊！這個可惡的傢伙！雖然她自己不喜歡唱歌，可是她明明知道我是多麼喜歡唱歌！

在我們嘴裡，「幼稚」是一個非常惡毒的字眼，就跟我們最喜歡用來罵人「變態」和「猥瑣」差不多。她怎麼可以這麼評價我呢！

我正要發簡訊罵她，沒想到她的簡訊又過來了：「荷，我當班長了！祝賀我吧！！」

我不生氣了，我對著螢幕笑起來。

別說蕭瀟是回到了我們秀水中學，她即使回到我們縣一中，也可能撈個班長啊學藝股長啊什麼的來當當。前面已經說過，她回我們秀水中學後，絕對是獨一無二的女王。

算了算了，我就不罵她了，還是祝賀她吧！

我剛剛把「祝賀祝賀，熱烈祝賀蕭瀟同學繼續擔任班長大人一職」的簡訊寫好發出，那傢伙的簡訊又發過來了！

「荷，你是不是還是當康樂股長？」

我的心情一下子暗淡下來了。

「沒。」我沒滋沒味的回了一個字。

唉，蕭瀟，蕭瀟，你就不能讓我高興一會兒嗎？

手機簡訊又響了。

過了老半天，我才點開來。

「荷，你應當跟我一起回來的。」

我咬了咬嘴脣。

不。我在心裡回答蕭瀟。

我不再理蕭瀟了，我不想讓後悔的心情再次打擾自己。我收起手機，直接朝食堂奔去。已經是吃晚飯的時間了。

在食堂門口，我跟韓牧撞了個滿懷。

「嗨，江荷。」他有點尷尬的招呼我。

「你吃好了？」我很驚訝的看著他。我看見他的手裡又拿著兩個裝在保鮮袋裡的饅頭。

他很快的點點頭，卻又莫名其妙的搖搖頭，然後急急的走了。

我轉過身，看著他像逃跑般，高大而笨拙的背影。

這個人怎麼回事啊？好奇怪！

突然，一個念頭跳到我腦海裡：他怎麼每次手裡都拿兩個饅頭？他是不是每次都不買菜吃，而只是買兩個饅頭躲在外面吃？

不會吧?!

眼看他的背影馬上就要沒入湧向食堂的人潮中，我不再猶豫，邁步跟在他的後面。走過一段路以後，他偏離主道，拐向通往實驗大樓的一條小路。

我繼續跟在他的後面。

這裡人明顯少了好多。不過我不怕他會發現我，他只顧低著頭急匆匆的走路，根本不曾抬頭或回頭看一下別人。

他沒有進實驗大樓，而是拐向實驗大樓的後面。

這裡應當算是藍湖中學最偏僻的地方吧。實驗大樓的後面就是圍牆了。那地方我從來沒有接近過。

我放輕腳步走向前，靠牆站了一會兒，然後，我把身子藏在牆後，小心翼翼的探出腦袋。

韓牧正坐在一塊雜草叢中的大石頭上，一邊啃著手裡的饅頭，一邊看著攤在膝蓋上的、厚厚的像是字典的書。

我呆呆的看著他低頭弓腰的笨拙的側影，心裡真是難過極了！

第四章 同桌

錢蘇蘇成為我的同桌了。

她個子高，本來坐在我後面兩排的。蕭瀟走後，寶寶就讓她挪到蕭瀟的位置來了。

從她坐過來的那一刻起，不知為什麼我心裡就特別緊張。她那據說始終第一名的優秀成績、她那一身顏色豔麗的衣裙、她那帶著一股淩厲之氣的眼神——她跟蕭瀟為著床鋪問題吵過架以後，我就老覺得她的眼睛裡有一股淩厲之氣，還有她那梳得差不多高到頭頂上的緊繃繃的馬尾辮，都讓我心裡產生一種莫名其妙的緊張和威壓之感。

我真生氣自己竟然會有這樣的感覺。面對老師緊張是可以的，面對家長或別的大人緊張也是可以的，可是，面對自己的同學，怎麼能產生緊張的感覺呢？真是太丟人了！

所以，我盡量控制自己臉上的肌肉，不讓它們洩露我的祕密。我對著坐過來的錢蘇蘇大方、友好的說了一聲「嗨！」。

錢蘇蘇嘴角翹起來，給了我一個微笑。

她的笑容裡，似乎有一種知曉一切、穩操勝券的神情。

我一下子又慌了。

這一節是自習課，我本來正在做物理練習卷上的一道題目，這下可好了，她一坐過來，我心裡就再也靜不下來了。我老覺得左手邊有一道無形的壓力，正在一點一點、一點一點的壓過來。我覺得自己的左半邊身體痲酥酥的。

寶寶進來了。

寶寶朝我們的座位走來。我抬起頭，看寶寶含著笑意的美麗眼睛視而不見的劃過我的臉龐，落到錢蘇蘇的身上。

「沈老師！」錢蘇蘇仰起頭來輕輕的叫，聲音又嬌又柔。

「座位搬好啦？」寶寶伸出手，像個溫柔的媽媽般疼愛的拍了拍錢蘇蘇高高的馬尾辮。

「嗯！」錢蘇蘇嬌嬌的歪了一下頭，臉上漾起開心的紅暈。

寶寶探頭看了看她的物理練習卷，問：「沒有不會做的吧？」

「沒有呀！都會做的！」錢蘇蘇的聲音聽起來更嬌了。

我低下頭，不再看她們。

你們把我當空氣，我也可以把你們當空氣。

事實是，她們確實是可以把我當空氣，可是，我卻根本做不到。

寶寶走出去了好半天，我的心還沉浸在一種又酸又澀的感覺裡。

我不知道自己為什麼會變成這個樣子，我一點兒也不喜歡！真的，我一點兒也不喜歡！

我氣惱的拿手上的筆在紙上畫呀畫，畫呀畫，畫了一圈又一圈。等我清醒過來，我嚇壞了——我把我的物理練習卷畫成了一張大燒餅！

我望著我的燒餅練習卷發呆。

這下好了，這麼幼稚的行為，我怎麼對寶寶解釋和交代？

「你怎麼啦？」錢蘇蘇很奇怪的看著我。

「我以為這是草稿紙。」我咬住嘴唇，懊惱極了。

「哦，沒事，你再向寶寶要一張就是了。」

「這……這怎麼說呀？」

錢蘇蘇看看我的樣子，噗哧一聲笑起來：「哈，小事一樁！我去跟你要好了！我就說是我自己的卷子弄髒了。」

沒等我回答，她就跑出了教室。

一會兒以後，她回來了，馬尾辮一甩，得意的遞給我一張乾乾淨淨的物理練習卷。

「謝謝你。」我真心誠意的對她說。心裡滿滿的全是羨慕。

「有誰能解答這個題目嗎？」教數學的吳老師瞇著他小小的近視眼，審視著全班同學。

吳老師是所有任課老師裡我比較喜歡的。我特別喜歡他講課的方式。他擅長用逆推法教學，任何一道題目，他都教我們從結果往前推，要得到這個結果，前面一步必須有什麼條件，再前面一步又必須有什麼條件，這樣一步一步推，推到最後，只要方向正確，中間沒有走岔路，就可以和題目已經給定的已知條件接軌。這樣再把整個推理過程反過來，題目就可以輕輕鬆鬆做出來了。

我用這樣的方法解過好幾道難題，屢試不爽。我數學成績本來就很不錯，所以上數學課，跟上物理課不一樣。我一直精神很飽滿。

我在心裡說：我知道！

可是我沒有舉手。大家都不舉手。很奇怪，好像進了高中，舉手是一件很丟臉的事情。數學老師的眼光轉向我了！我想，他應該知道我的吧，上次模擬考，我的數學考了九十八分呢，與錢蘇蘇、韓牧並列班上第一。

可是，他卻這麼說：「這個同學，就是錢蘇蘇旁邊的這個同學，對，就是你，你來回答一下這個問題。」

哦，我還真沒想到與錢蘇蘇同桌還有這樣的榮幸。

我站起來，鬼使神差的說：「對不起，我不知道。」

吳老師瞪著他那一對小小的近視眼，很驚訝的看著我：「咦，你不知道嗎？這道題目不難的呀！類似的題目我們上次練習卷還做過的呀！」

我低下頭，不再說話。

「好吧，你先坐下。那錢蘇蘇，你來回答一下。」

錢蘇蘇站起來，口齒清晰的回答了這個問題。

我想，我一定是有毛病。

「走吧？」錢蘇蘇問我。

「噢，好！」我有點高興又有點慌張的回答。

我趕緊將攤在桌上的一大堆東西一撈，往書包裡一塞，跟著錢蘇蘇走出了教室。

我沒想到我現在真的有了一個可以一起上食堂吃飯的同伴了，我更沒想到這個同伴竟然會是一開始就跟蕭瀟吵架的錢蘇蘇。

走在她的身邊，我有一種好奇怪的感覺。我竟然感到一點自豪，好像能跟錢蘇蘇走在一起是一件很值得驕傲的事。

如果蕭瀟知道了，一定會生我的氣，一定會惡狠狠的罵我沒出息。

也許蕭瀟罵得對，這樣的感覺我們以前從來沒有過。我不知道該怎麼評論自己的感覺。我只知道，每天每天，我好像都在經歷新的不一樣。

我無法選擇，無法抵擋，只能懵懂的接受。

錢蘇蘇今天穿了一套雪青色的運動衣褲，腳上穿了一雙雪青色的運動鞋，她頭上粗粗的橡皮筋也是雪青色的。

錢蘇蘇所有的橡皮筋都是這樣粗粗的，而且緊緊的將她的頭髮束在靠近頭頂的地方，好像把她的頭皮拉成一張緊繃繃的彎弓的樣子。每次看著她的馬尾辮，我都有種癢癢的難受，我老想把她的頭髮放下來，讓它們和底下的頭皮都放鬆一下。

走進食堂，站在錢蘇蘇的身後排著隊，我突然想起韓牧和他的饅頭事件。難道他真的每頓都只吃兩個白饅頭嗎？這樣他的身體不是會嚴重營養不良嗎？

我抬眼尋找了一圈，到處都是排著隊的黑黑的腦袋，不知道哪一顆是屬於韓牧的。

很快就輪到我們了。看到錢蘇蘇點了兩葷一素三個菜，我突然意識到一個嚴重的問題：我怎麼辦呢？我總不能在她眼睜睜看著的情況下，就買一個菜吧？

我一咬牙，第一次買了一葷一素兩個菜。

看著那個刷卡機一下子刷去比平時多一倍的菜價，我心裡小小的痛了一下。

到我們坐下來吃飯的時候，就不止我們兩個人了，一些陸續買好午餐的女生都叫著錢蘇蘇的名字坐過來了。我慢慢的讓到最邊邊的位置。

羅蘭也過來了，她一坐下就探過頭來看我的盤子嚷著：「咦，你怎麼就吃兩個菜呀？一份菜這麼一點，你吃得飽嗎？」

我一看她的盤子，她竟然買了兩葷兩素四個菜！

我忘了對她的話生氣，只驚訝的問她：「你買這麼多菜吃得完嗎？」

「當然吃不完！」她笑嘻嘻的回答，「可是這四個菜我都想吃！我每樣吃一半就可以了！」

錢蘇蘇輕蔑的在鼻子裡哼了一聲。

羅蘭沒有聽到，我裝作沒有聽到，別的人不知道有沒有聽到。大家都埋頭吃飯。

我心裡知道，跟錢蘇蘇或別的同學一起上食堂吃飯也就這一次了。

不過，歐陽紅和沈小恬沒有在這一堆同學裡面。她們兩人不知坐到什麼地方去了。

第五章 心情

還沒到月底，我突然收到爸爸額外寄來的一筆匯款。

手機簡訊裡，爸爸只這樣交代：匯了一點生活費過去。注意查收。餘言見信。

中午，我來到資訊中心大樓，把學生證和學生網路使用證押在管理員那裡，就擁有一臺可以上網的電腦了。每週，我憑這張網路使用證，可以免費累計上網兩個小時。如果超過了，就自己再付費。

藍湖中學畢竟是藍湖中學，在我們秀水中學，這樣的條件是根本不可能有的。

蕭瀟剛離開藍湖中學的那個星期一，我們就拿到了學生網路使用證。我興奮的發簡訊告訴蕭瀟的時候，她第一次流露出對自己匆忙離開藍湖中學的後悔：「該死！為什麼不早點告訴我們！」

在我們秀水鎮上，很少有人會裝一臺電腦在家裡。大人喜歡看電視、打麻將，打牌，沒有人喜歡玩電腦。蕭瀟家沒有電腦，我家也沒有。爸爸要發郵件給我時，他就會到學校去用電腦。在我離開家到藍湖中學以前，他還從來沒有擁有過自己的電子郵箱呢。以前他偶爾因工作需要，就使用學校的公共郵箱。

爸爸曾在第一封給我的電子郵件裡說：「哈哈，看來我們家小荷到藍湖中學念書還是有好處的，至少帶動我和你媽媽都擁有自己的電子郵箱了！從個人發展的角度來看，也算是一個很大的進步吧！」

嘿嘿，那可不是！至少蕭瀟的爸爸媽媽就還不會使用電子郵箱啊！

打開電腦，登入郵箱，裡面果然躺著一封爸爸的郵件。

小荷：

蕭瀟突然回來了，回到秀水中學來上課，帶給我們很大的震撼。

這些天陸續從蕭瀟口中知道了很多你不曾在信裡告訴我的事情。我不知道你為什麼不在信上告訴我，是怕我跟你媽媽擔心嗎？

蕭瀟說那裡的人非常難相處，跟我們秀水中學的同學完全不一樣。蕭瀟說導師長得很漂亮，但人有點怪，感覺她有很嚴重的歧視鄉下孩子的心理。蕭瀟還說那裡的伙食費非常貴，你們每次吃飯都只敢點一個菜，而且菜裡面經常連一塊肉片也沒有，你們常常還沒到吃飯時間肚子就餓了。我跟你媽聽了都很心痛。正好上學期我教的兩個班級數學成績名列前矛，學校獎勵了一點錢，我就給你寄過去了。希望你能吃好一點，不要太節省！因為現在正是你成長的階段，營養不夠的話會影響生長發育喔！切記！以後爸爸每個月會給你增加一點生活費，總之你要照顧好自己！

對於蕭瀟的回來，爸爸是不太贊成的。既然當初下了那麼大的決心出去，就不應該輕易放棄。何況藍湖中學是很多人夢寐以求的名校。即使現在躲回來了，難道以後就要在秀水躲一輩子嗎？藉用一句歌詞，「外面的世界很精采，外面的世界很無奈」。你們長大的過程，就是要一步一步適應外面的世界啊！所以，爸爸非常欣賞你堅持下去的決心。雖然爸爸當初確實不贊成你的選擇，但竟然選擇了，爸爸希望你能克服困難，逐漸適應外面的世界。爸爸媽媽相信你能做到的！別忘了，你的名字叫「荷」，爸爸媽媽希望你像春天裡的薄荷一樣，蓬蓬勃勃的生長！

以後有什麼事情，不要對家裡隱瞞。不要只對家裡報喜不報憂。爸爸媽媽是過來人，可以跟你一起分擔的！明白了嗎？很多事情，說出來就沒有什麼了，不要自己一個人悶著，這樣不好的。明白了嗎？

祝你快樂！媽媽問你好！

愛你的　爸爸

記得第一次收到爸爸的來信，看到最後的落款「愛你的爸爸」，我樂得差一點笑出聲。可能是因為當老師的緣故，特別是當數學老師的緣故吧，爸爸一直是有點嚴肅的。我長這麼大，好像從來沒聽他說過「愛」這個字呢。

嘻嘻，為了每週都看到這個帶著「愛」字的稱呼，我一個人孤單的留下來也值得了！

蕭瀟這傢伙，真是個多嘴婆，什麼事情都被她說出去了！我給爸爸媽媽寫信，確實是有選擇性的挑一些內容告訴他們。很多事情他們根本就無能為力，若告訴他們，不是白白讓他們操心嗎？還有一些是我自己很不喜歡、很討厭的小感覺，我又哪裡說得出口呢？只能自己悶在心裡罷了。

這樣的事情悶多了會怎麼樣？我還真不知道。

反正只能先悶著。

我只能盡量不讓它們在我心裡發黴就是了。

也許我能做到這一點吧！爸爸在信裡說了——別忘了，我的名字叫「荷」！

我這個名字是外婆取的。

從我剛上小學起，很多人就以為我名字裡的那個「荷」是表示「荷花」的意思，害我每次都要糾正人家，我這個「荷」不是表示「荷花」，而是表示「薄荷」的意思。薄荷是外婆最喜歡的植物。

在外婆家的院子裡，一直養著一大叢薄荷。薄荷是一種非常好養的植物，每到春天，就自己開開心心、蓬蓬勃勃的到處發芽、長葉。外婆說，小孩子要像薄荷一樣才好啊，健健壯壯的，一點也不嬌貴，好養！所以，當我還在媽媽肚子裡的時候，外婆就對媽媽說，如果生的是女孩子，就叫「荷」吧！

蕭瀟喜歡吃薄荷糖，卻有點害怕新鮮薄荷的味道，說它的味道好衝。我卻特別喜歡。是不是因為從小就受外婆影響的緣故呢？

我小時候，每到夏天，外婆都要剪一些薄荷的莖葉，放到鍋裡用水熬，熬好的薄荷水用來給我洗澡。外婆說，薄荷水洗澡可以去痱子，蚊子也不敢叮。外婆每次燒魚，燒黃鱔，炒龍蝦，炒螺螄，都要摘一把薄荷的葉子放到裡面。外婆說，薄荷可以去腥味，有獨特的香味，是最好的調味料。所以，從小我就是聞著薄荷的香味長大的。

外婆說，我們家江荷是一個有著薄荷香的女孩兒喲！

外婆每次這樣說的時候，爸爸媽媽就站在一邊看著我開心的笑，就好像我真的是一株見風就長的香薄荷一樣。

對了，薄荷的香味還具有驅蚊防蟲的作用呢，我這個薄荷香女孩，心裡怎麼可能發黴呢？

呵呵！

我開始給爸爸回信。

我對他說了參加星星索合唱團的事情，說了老銀杏樹和它旁邊的樹凳子（當然沒對他說我吹口哨的事，他會嚇壞的），還解釋了一下食堂吃飯的事情。我告訴爸爸，也不是每次都只點一個菜呀，像今天中午，我就買了兩個菜，吃得很飽。請爸爸媽媽放心，我會照顧自己。現在又多了一筆錢，我更會注意營養的。

當然，別的一些事情，我還是不會說的。韓牧一個人躲著每頓只吃兩個饅頭這種事，我本來想告訴爸爸的，但寫了一半我又刪掉了。不知為什麼，好像怕韓牧會難堪、會不高興似的。雖然他永遠也不可能知道。

在跟爸爸訴說的過程中，我的心變得安靜而舒坦，好像揪在一起的什麼東西一下子放開來的那種舒坦。

真的像爸爸說的，組織文字來表達心情，感覺真的不一樣。

我也寫了一封信給蕭瀟。在跟蕭瀟講述那棵老銀杏樹、口哨和小鳥，以及遠遠的眺望我們美麗的宿舍大樓時，我的文筆變得非常抒情又浪漫。好奇怪，跟爸爸媽媽寫信，不好意思這樣抒情又浪漫呢。

最後，我告訴她，就因為她的逃跑，錢蘇蘇成了我的同桌。

我同樣沒告訴她自己跟錢蘇蘇在一起，那種又羡慕、又緊張、又自豪、又有點不自在的心情。

連對這麼多年的死黨都說不出口，也許，有些感覺真的只能悶在心裡，自己一個人感受、一個人消化吧！

在將郵件點擊發送以後，我突然看到郵件頁面上提示我有一個漂流瓶。

漂流瓶？這是什麼東西呀？

按照提示，我點擊了「打撈」。

頁面上出現了一片藍色的海水、一個撈魚的網子慢慢的從水裡浮上來，裡面兜著一個上面標有「心情瓶」的小瓶子。小瓶子還在一滴一滴的往下滴著水。

我好奇的點開。

一句話彈出來——

是不是真的付出越多，傷得越重？如果我不付出，我就永遠也不會受傷！

這是什麼東西呀？

我莫名其妙的看著頁面。這時，我看到瓶子邊上的一行提示：給他回一個。

我點擊，頁面上出現一個同樣的心情瓶，還有空著的一個方框。

難道我回給他，他能收到？

太好玩了！

我重新研究了一下那個心情瓶裡面的話。這個人是因為什麼受傷呢？友情？愛情？親情？

從這幾句話裡一點也看不出。唯一可以肯定的是他付出了真心，但好像受騙了。

我努力想呀想，想呀想。如果要回給他，得回一句比較有水準的話才行呢。至少要能夠安慰人家一下吧！不然的話，回了就沒什麼意思了。

我終於想出一句有點哲理的話，也許是在哪裡看到或聽到過？我也不管了，馬上把它打上去：

可是，如果你不付出，你什麼也得不到呀。就連你有沒有受傷也不知道，什麼感覺也沒有，那多沒意思啊！

我有點沾沾自喜的把這句話又看了一遍，我相信這句話對那個人是會有一點啟發的，然後點擊「扔還給他」。只見頁面上劃過一道漂亮的弧線，那個漂流瓶「咚！」的一聲沉入藍色的海水裡。

我嚇了一大跳，我沒想到那個漂流瓶是會被扔到海裡去的。海裡一定有很多很多漂流瓶，那個漂流瓶的主人怎麼可能正好撈到我回給他的漂流瓶呢？

我盯著那片藍色的海水發了一會兒呆，上面果然什麼動靜也沒有。

傻吧！肯定就是網路上的一個隨便什麼遊戲啦。我真不應該為它浪費我寶貴的上網時間。

我看一看時間，已經差不多用掉四十分鐘了。我趕緊下線。快要到下午上課的時間了。

這一節又是寶寶的物理課。

我眼睛盯著課本，有點暈乎乎的聽著寶寶用她悅耳動聽的嗓音，講著光的波粒二象性，越聽越糊塗。

有一個很奇怪的問題一直在困擾我——我不知道為什麼，寶寶的物理課我一直進不去。

在課堂上聽課的人都會有「進得去」或「進不去」的感覺吧！「進得去」的課，課堂上整整四十五分鐘，你會從頭到尾跟著老師的思路走，會對所有精妙處心領神會，會對提問積極回應，會對時間的流逝毫無知覺，直到下課鈴響，你才好像從一處最美妙的場景裡驚醒過來。

「進不去」的課，你的思路會時不時的開小差，它一會兒跑到操場上，一會兒溜到寢室裡，有時候它還會坐飛機溜回老家，慢悠悠溜達一大圈後再回來。然後呢，你會瞪著一對像剛剛睡醒般的迷茫雙眼，茫然的盯著講臺上站著的那個人一張一合的嘴巴。

上寶寶的物理課，我一直就是處在這種「進不去」的狀態。寶寶講課非常賣力，她的聲音一直維持在一種高音狀態，她的臉一直紅撲撲的，但我總感覺寶寶講課好像一直浮在概念的表層，而沒有透過定義和解釋深入到內裡，就像數學老師和化學老師那樣。好的老師，是能夠把那條從表層深入到內裡的知識線索理出來，然後交到你手上的。

我最困擾的是，這究竟是寶寶教學方法的問題，還是我自己心理上的問題？上寶寶的課，我老是有一種怪異的、受傷的感覺。

其實寶寶沒欺負我，也沒歧視我，她只是看不到我的存在罷了。特別是錢蘇蘇過來成為我的同桌以後，我的感覺就更明顯了。寶寶的眼光好像會自動拐彎，從來不會越過錢蘇蘇的身體邊線。

每當這時，我就會在心裡說：別以為就你的眼光會拐彎，我的眼光也會拐彎的！

寶寶講課的時候，我就從來不看她。我看書，或者看黑板，或者看別的任何地方。我就是不看她。

而上別的課，我是喜歡一直盯著老師的。這是我集中注意力的一種非常好的方式。

我知道自己這樣很可笑。可是我沒辦法勉強自己，真的，一點辦法也沒有。我就這樣一個人在私底下進行著一場誰也不知道的戰爭。

現在，我突然在想自己給那個漂流瓶回覆的那幾句話——

可是，如果你不付出，你什麼也得不到呀。就連你有沒有受傷也不知道，什麼感覺也沒有，那多沒意思啊！

我心裡吃了一驚。我立刻用這句話來檢驗自己的行為。其實，從頭到尾，我對寶寶也沒有付出過呀！我從來沒有像錢蘇蘇和羅蘭那樣，會老遠就對著寶寶親熱的笑，會跟她像母女一樣親熱的說話，會用很多熱烈的語言來讚美她的年輕和美麗。我什麼也沒有付出，卻已經感覺如此受傷。這是不是太莫名其妙了？

我想不明白這是怎麼回事。我的心情更加的鬱悶了。

真是不喜歡物理課。真的找不到那種「進去」的感覺。

第六章 晚風

我一直希望能請韓牧吃一次飯，特別是爸爸額外寄錢過來以後。可是我找不到藉口。我知道，決不能讓韓牧知道我發現了他老是一個人躲著吃白饅頭。

一頓飯解決不了他的任何問題，但能解決我的一點問題——至少我心裡會好受一點。誰教我沒事要去跟蹤他呢！

今天終於有機會了。

今天是韓牧和他的同桌值日，可是他同桌發燒了，下午沒能來上課，就剩下韓牧一個人打掃環境。

別的同學陸陸續續都離開了教室，而我則趴在桌子上趕做作業，一副忙不過來的樣子。

反正韓牧掃地是從最左邊的一列掃起，而我的座位本週正好換到最右邊的一列，而且是在第二

排。等他掃到我這裡，整個教室也就差不多該掃完了。

「江荷，你怎麼還沒走呢？」韓牧掃到我後面來了。

「我想把這張物理練習卷寫完。馬上就好了。」我站起身，走到走道對面已經掃好的位置坐下，繼續寫，「不會妨礙你掃地的。」

「題目難嗎？我一道題都還沒做。」韓牧探過頭來看了看我的卷子。

「好像還可以吧。反正套公式好像都能做出來。」我回答。

心裡突然有點鬱悶起來了。

好奇怪，我每次做物理題目都有一直非常被動的感覺，我好像只會用一種非常笨拙的方式來解答問題——我要先看看這個題目是屬於哪個章節的內容，然後再看看那個章節都有些什麼公式，然後我就拿那些公式來套這個題目，看能否套進去。這種方式只能解決簡單的、局限於本單元的題目，如果換一個複雜一點、靈活一點、把幾個單元的知識串起來的那種題目，那我就死定了。

可是，做數學題和化學題就完全不是這樣，連感覺也完全是不一樣的。做數學題或化學題，我從來不先考慮公式的問題，我只是直接分析和解剖題目，在分析和解剖的過程中，需要用什麼公式或定理，它們自己會直接跳出來，根本不需要我笨呼呼的去套用。這樣做題目，會有一種做將軍的感覺。

我想，這兩種狀態，應該是跟課堂上的「進得去」和「進不去」有關吧。

想起寶寶，想起她毫不在乎的、會拐彎的眼神，我的心情更鬱悶了。

我不知道韓牧是不是有這樣的感覺。我突然好想跟他交流一下。

其實，我有好多想法都想跟人交流。可是我找不到交流的人。

韓牧掃完地，我「正好」做完作業。我收拾好書包，「正好」跟著他一起走出教室。

白天越發的顯得短了。前一陣這個時候還高高的掛在西天邊的太陽，已經不見了蹤影。黑夜的天幕低低的籠罩了下來，飽含秋意的晚風一陣陣吹到身上。

已經是仲秋的天氣了。

除了送別蕭瀟的那一次，這是我第一次很正經的跟一個男生一起走在校園裡。我有點不好意思，韓牧也有點不好意思。

我伸出手去，大大的張開五指。秋風快速的掠過我張開的手指，留下嗖嗖的涼意。

韓牧突然笑起來了：「你想抓風？」

韓牧的笑容在暗淡的天光裡顯得既親切又英氣勃勃。

我不再不好意思了，我也笑起來。我說：「我小時候很傻，老是想用手去抓住風。」

韓牧的笑意更濃了：「我們彼此彼此啊，我小時候老想用塑膠袋去裝風，然後想把裝滿風的塑膠袋捆在身上當翅膀，讓它帶我飛起來。」

「這主意聽起來滿不錯的啊！一聽就是一個聰明的孩子！」

然後，不等韓牧發話，我很快的接著說：「聰明的孩子是需要獎勵的！韓牧今天我請你吃飯好吧？」

韓牧有點好笑的看我一眼：「什麼話呀？這算什麼理由？再說了，要請吃飯也是男生請女生，哪裡有女生請男生的！」

我說：「封建吧你！為什麼女生不能請男生？老實告訴你吧，我爸爸得教學獎了，給我多寄了一筆錢來，我想請客都沒有朋友。給點面子嘛，你好歹算是我朋友加老鄉啦！」

「反正我不要你請。」韓牧很固執。

「我就要請，我還要你陪我聊聊天，待在這裡我悶也悶死了。」我的固執勁兒也上來了。

韓牧好奇怪的看著我：「悶？為什麼？」

我也好奇怪的看著他：「一個說話的人都找不到，還不悶？我看你也老是一個人的，你就不悶嗎？」

韓牧搖搖頭：「不悶啊，我本來就不愛說話，我覺得一個人挺好的啊，我一個人空著的時候就背辭典，很好玩的。」

「背辭典？什麼辭典？」我忽然想起上次跟蹤他到實驗大樓後面，看見他坐在石頭上，好像確實是在看一本辭典一樣的東西。

「英文辭典。」韓牧眼睛也不眨的回答。

「背——英文辭典？一頁一頁——背？」我嚇得不僅眼睛眨個不停，舌頭好像也打結了。

「是。你不知道吧？背英文辭典很好玩的，你會眼看著單詞在後面一個一個增加字母，一個一個逐漸變長，然後意思變得完全不一樣。就好像在玩一種遊戲一樣。」

背英文辭典……玩遊戲……天哪，韓牧原來是這麼古怪的一個人！

我心裡一下子對他充滿了一種強烈的興趣，我蠻橫的說：「今天這頓晚飯你吃也得吃，不吃也得吃，反正我請定了！你一定得陪我聊聊天！」

說著，我一腳跨進了已經有點空蕩蕩的食堂大門，直奔打菜臺。韓牧想搶到我前面，可是我雙手霸著打菜臺，急急的對著裡頭的師傅叫嚷「這個、這個、還有這個」的點著菜，然後直截了當的把飯卡遞給食堂師傅。

今天是請客，我豪爽的給我們兩人分別點了三樣菜，一樣葷的，一樣葷素混雜的，一樣素的。

韓牧站在一旁，有點目瞪口呆的樣子。

哈哈，沒見過本姑娘這種樣子吧！說實話，本姑娘和蕭瀟在秀水中學的時候，一直就是這副樣子的，我和蕭瀟經常這樣請那幫住宿生吃飯，當然也經常這樣強迫他們請我們吃飯。

一直到我們面對面坐下來準備用餐了，韓牧還是一副回不過神來的樣子。老半天，他才牙疼般的一咧嘴，說：「江荷，你真行。那下回我請你吧！」

我嫣然一笑：「好啊！」

同時在心裡說：下回？等到你上大學拿到了獎學金或者打工工資以後再說吧！

我迫不及待的往嘴裡塞了一口菜、一口飯，一邊急急的問他：「快點告訴我，你為什麼要背英文辭典啊？它真的很有趣？」

韓牧點點頭：「有趣極了！你知道嗎，其實詞與詞之間有很多內部的關聯和祕密，如果你掌握了，背辭典就一點也不難了。」

「是嗎？」我像看個外星人般的看著他。那一刻，我真的有點懷疑他是外星人。

「也不完全是這樣。」韓牧遲疑了一下，有點難為情的繼續說，「還有就是，我希望自己每門功課都保持在最優秀。我們這種以前在鄉下念書的學生，比起城裡學生來，英文底子太不好了。我擔心英語會拖我後腿，我失分最多的地方在於閱讀理解題，特別是單字填空，因為自己掌握的辭彙量太少了，很多地方都看不懂。我希望期末考試我能拿到獎學金。如果拿不到獎學金，我下學期可能就回不來藍湖中學了。」

「為什麼？」我停下筷子，抬起頭來吃驚的看著韓牧。

「不怕你笑話，我父母都是農民，家裡沒有什麼收入來源，只能靠地裡長的、家裡養的一些東西賣錢。家裡只能給我出得起這個學期的費用，我跟家裡說好的，如果下學期我自己想不到辦法，我就回去念書。」

「啊，不是吧？」我呆呆的看著韓牧，「你自己想辦法？你自己怎麼想辦法啊？」

韓牧有點羞澀的一笑：「老實說，我也不知道。那個時候我也沒想那麼多，我只是特別想到藍湖中學來念書，哪怕只念一個學期也可以。」

「為什麼？你為什麼會特別想到藍湖中學來念書呢？」

我想我的表情一定更加痴傻了。難道韓牧也跟我和蕭瀟一樣，遇到了一個播撒夢想的江老師？

「說起來，也許是冥冥之中注定的吧。」韓牧慢慢的咀嚼著嘴裡的飯菜，瞇縫起眼睛，好像陷到一個神祕的回憶之中。

「在初中畢業會考前，我翻看一本不知哪裡捐贈給我們學校的雜誌，在雜誌的後面印著一些非常漂亮的圖片，有大樹，有紅磚房，有漂亮的電腦房，還有鋪著塑膠地板的籃球場。我一看，原來這些圖片就是傳說中的藍湖中學。那時，我就對著那些圖片看了好久。更巧的是，那天晚上在家裡，我正準備做作業，突然聽到客廳的電視說到藍湖中學，我趕緊跑過去看，電視裡竟然正在介紹藍湖中學。我就一直站在邊上看，我爸媽想要換臺我也不讓，一直看到節目結束。那個時候，我就拿定了主意，初中畢業會考的時候要報考藍湖中學。那個時候，我根本就沒想到費用的問題。」

韓牧的聲音低下去了。

我使勁點點頭。是的，是的，那個時候，我和蕭瀟、甚至我爸爸也都沒想到費用的問題。我爸爸是在我被錄取以後才想到的。

「來到這裡以後，我才知道藍湖中學原來是有獎學金的。我想，也許這是一個可以解決問題的方法。所以，我必須保證自己每門功課就達到最優，爭取每學期都拿到獎學金，並且還要爭取拿特等。這樣我才有可能繼續在這裡待下去。」

藍湖中學是一所歷史悠久的學校，培養了很多優秀學子。有的學子發跡了，就捐一大筆錢給學校建立獎學金，獎勵那些一個學期裡綜合考試成績優秀的學生。特等獎學金每屆只有一名，獎金是一萬元。這確實是一筆非常大的數目。

韓牧必須每次都要保證能拿到獎學金，並且是特等獎學金，才能夠繼續在這裡待下去。這也太嚇人了！

我默默的低下頭吃飯，不知道該說些什麼。

我只知道，自己比他幸福多了。

還有蕭瀟，她都沒來得及知道韓牧的故事就跑了。我下次在電子郵件裡要告訴她。不知道她聽說後，會有什麼感覺？

「對了，你不是說覺得悶，要我陪你聊天嗎？怎麼光在說我？說說你的事情吧！」

韓牧又朝我有點羞澀的一笑，低頭趴了一大口飯。

我的事情？我有什麼事情呢？

我每頓飯至少有一個菜吃，現在我隔個兩三天還會買兩個菜吃——因為爸爸在電話裡一再叮囑我一定要注意營養，不要怕錢不夠，他會增加我的生活費。

我覺得身邊一個朋友也沒有，我好想家，好想念回去的蕭瀟，想念以前的同學。我覺得自己孤單又可憐。

班幹部竟然沒有我的份，特別是康樂股長，竟然讓羅蘭當。上次上音樂課，老師讓羅蘭領頭唱一段，沒想到羅蘭居然是個破鑼嗓子，稍微高一點的音就上不去，而且她還走音呢。讓她當康樂股長，真的一點道理也沒有。

還有，寶寶好可惡，她從來都看不到我就在她眼皮子底下活生生的存在。有一次，她站在講臺上奮力講那些我「進不去」的課，她連著兩次提問我的同桌錢蘇蘇，眼光準確而利索的在我的身體邊緣切斷。我突然變得特別生氣，我衝動的從書包裡翻出一本才從學校圖書館借出來的小說，豎起來放在桌上看，可是，可是，她竟然還是視而不見……

我就是這麼些事情。

我突然不想說了，一點都不想說了。

我對韓牧嫣然一笑：「你知道嗎？我報名參加學校星星索合唱團了哦，這個週五，也就是明天，就要進行第一次訓練課了。我好期待！」

韓牧也跟著我展開了一片燦爛的笑容：「那很好啊！我上次也看到好多社團在招收新成員，其實很多社團我都想參加，不過最後我還是一個也沒報，我沒有時間浪費，而且有些社團還需要繳錢，我就更不可能參加了。不過我想等以後上大學，我會有機會參加的！」

我使勁朝韓牧點了點頭。

第七章 遇見

終於到了星期五下午放學時間，我要去參加星星索合唱隊的第一次活動了。

經過操場的時候，看見操場的一角圍了一大堆人，人群裡傳出勁爆的音樂聲。一聽見音樂我就興奮，我立刻奔過去，看看這音樂聲是怎麼回事。

剛剛擠進人群，我一眼就看到了羅蘭。她穿著一身火紅的寬鬆運動衣，頭頂上束著一根火紅的帶子，正鶴立雞群的站在一群男孩中間。

她旁邊有一個白淨而清瘦的男生，個子不算高，穿一身黑衣黑褲，頭頂上像羅蘭一樣紮一根火紅的帶子，裸露的手臂上是一塊一塊突起的肌肉。他緊閉雙唇，臉上有一種既得意又滿不在意的神情。

他的旁邊散著幾個高矮不一的男生，他們的打扮都差不多，緊身上衣，寬鬆長褲，頭上紮一根紅帶子，他們的臉上一律露著酷酷的表情。

我知道了，這一定是那個讓羅蘭瘋狂的小伍HIP-HOP街舞秀吧！羅蘭這個瘋狂的妞還真報名參加了？這裡面就她一個女生呢！

可是羅蘭一點也不怕，她正在學著那一幫男生，大咧咧的活動著自己的手腳，一邊還一臉花痴似的盯著她旁邊那個白淨而清瘦的男生。他一定就是傳說中的小伍吧！

我突然發現，還有一個人也在一臉花痴似的盯著小伍，是站在我對面人群前的一個高䠷的女生，她剪著一個可愛的童花頭，穿著一條藍色的背帶裙，整個人看上去像是哪本流行漫畫書裡的主角。她的手上抱著一件長長的黑色男式外套。是小伍的外套嗎？

羅蘭一定也注意到她的存在了，就在我站在那裡的一會兒工夫，她已經充滿警惕的轉過頭去，看了她兩三次了。

可是那個女孩子一點也沒在意羅蘭的存在，即便羅蘭就挨在小伍身邊，眼光好像就要貼到小伍的臉上了，她也一點沒在意。她的眼睛裡一片風輕雲淡。

哇，這個女孩子一看就是一個厲害的老手，羅蘭想要對小伍發花痴，估計難度很大喔！

我好想看看他們是怎麼跳街舞的，可惜他們老在賣弄似的做一些無關緊要的動作，我沒有時間再耽擱了，我可不想第一次參加合唱團的活動就遲到。

我擠出人群，朝音樂教室跑去。

「江荷，就缺你一個啦。」我剛一頭撞進去，王一川就對著我叫。

哇，王一川竟然叫得出我的名字！而且，聽他的口氣，好像我還是他最得意的門生似的！

我好開心喔！一開心，我就容易忘形——這個缺點在藍湖中學還從來沒有機會顯露呢。我想也沒想就對著王一川叫回去：「可是王一川，我沒有遲到耶！時間還差五分鐘，我可是看好時間的！」

所有人，包括我自己，都被這聲衝口而出的「王一川」嚇了一大跳。我嚇得一下子摀住了自己的嘴巴。

「哈哈哈！」王一川大笑起來，笑得他一直正兒八經豎著的白領子都有點歪了。「嗯，叫我王一川，這還是第一次聽同學當面叫我王一川。感覺還滿好的嘛！」

「王老師，對不起！」我一邊說，一邊把手拿下來，一邊還在笑著。

好奇怪，我心裡一點兒害怕的感覺也沒有。要知道，在我們秀水中學的時候，我就一直是這副德行的。這個樣子的我，才是本來的我呀！

王一川走過來拉拉我的小刷吧辮：「你分在高音部，到右手邊找張椅子坐下吧！」

我朝王一川傻笑了一下，有點飄飄然的朝教室的右邊走過去，到第一排邊上一個女生的身旁坐下來。

這時我才發現，以中間過道為界，教室的左右兩邊各坐了一群女孩子。這個合唱團怎麼全部是清一色的女生？難道是女聲合唱團嗎？好奇怪，好像招生海報上沒有這樣提過。

王一川站在前面講話了。

「首先，讓我們熱烈歡迎加入我們合唱隊的新成員。此後，我們就是一個快樂的大家庭了！」

我跟著大家一起興高采烈的拍手。

「其次，我要遺憾的告訴大家，因為報名參加合唱團的男生太少，我乾脆就不要他們了！所以，我們的星星索合唱團就變成了女聲合唱團。其實，以前男生也少，我們一直是在勉強維持。那我們何不乾脆就變成單純的女聲合唱團呢？大家聽聽，『藍湖中學星星索女聲合唱團』，很酷吧？哈哈，我怎麼老早沒有想到這個主意！」

王一川又哈哈大笑起來。這一次我發現，王一川的笑聲也像是在唱美聲，好像會發出快樂的共鳴似的。

王一川的笑聲把我們的眼睛都擦亮了，我跟身邊的女孩交換了一下眼神，我們的眼神裡好像在劈里啪啦燃燒著明亮的星星。

女聲合唱團，聽上去真的很神氣啊！就好像以前那些老電影裡的什麼貴族女校、女子中學之類的，感覺很高貴、很酷的！

「以後，我會挑一些比較有名的二聲部的女聲合唱歌曲給大家一起練習。等到藝術節的時候，我們要好好的把全校震一下！」

「耶！」我們再次瘋狂的拍起了巴掌。我身邊的女孩還狠狠的用手肘撞了我一下。當然，我也毫不猶豫的狠狠用手肘回撞了她一下。

這個時刻，一定是我到藍湖中學以後最開心的一刻了！

第一次練習課，王一川沒有教我們唱歌，而是訓練我們發聲法。他告訴我們，要把自己的胸腔當成一個音箱，要把自己的嘴巴也當成一個音箱，要讓我們的氣和聲音在裡面有產生迴旋和共鳴的空間；而最終，還要把聲音變成一根線，提起來，提起來，一直提到腦門上，一定要感覺聲音是從腦門上被發出去，這樣就對了！

我們每個人都跟著王一川的琴聲唱那個「啊」音，從最低唱到最高。

在唱的過程中，我一步一步的體會著聲音從腦門上發出來的感覺。我發現，如果凝神靜氣、昂首挺胸，然後把嘴巴張大到一定的程度，並且張圓到一定的程度，然後用意念想像自己的聲音慢慢的往上爬，往上爬，就真的能感覺到聲音被提到了腦門上，並且被我像一顆子彈一樣發射了出去。

「很不錯！」王一川向我微笑，「大家仔細聽一下江荷同學的發音，她已經找到感覺了。很好，就是這種感覺。很好，再來一遍，大家再聽一下。」

在王一川的琴聲裡，我一遍一遍的唱著那個「啊」，我感覺到聲音變成了一條有生命的緞帶，它自由自在、熟門熟路的在我的胸腔和脣齒間神祕的出沒……

多麼奇妙的感覺啊！我第一次知道，一個人的聲音原來也是有生命的！

小吉卻有點糟糕。小吉就是坐我旁邊的那個女孩子。她有一張圓鼓鼓的白皙而紅潤的臉龐，眉毛粗而黑，活潑而生動的勾在她瞇瞇小的眼睛上面，一排不甚整齊的瀏海有點虛張聲勢的散布在她的額頭，讓她顯得有點俏皮，又有點固執。

小吉的聲音唱出來粗粗的，而且，她好像一直沒找到王一川要求的那種發聲方法。她一張嘴，聲音就像大量洩漏的氣體一樣，毫無節制的傾瀉而出。

小吉被要求一遍又一遍的重複，有一邊的女孩子嘻嘻的笑起來了。小吉一點也不害羞，她跟著人家一起笑。我看著好玩，也跟著偷偷的笑起來。

可是王一川的眉頭卻皺起來了，越皺越緊。最後，他乾脆停下來，若有所思的看著小吉。

我的心提了起來，他不會罵小吉吧？

「王老師，你不要把我退掉啊，我真的好喜歡唱歌！我好喜歡我們這個星星索女聲合唱團！」小吉不笑了，也緊張起來，她可憐兮兮的看著王一川。

大家也都停止自己各自的練唱，一起看著王一川。

王一川笑起來了。他想起在面試的時候，這個女孩子他就不想要的，可是，她一直堅持說自己喜歡唱歌，要求他一定要收下她。這樣沒有自知之明卻又充滿自信的女孩，他還真是第一次見到。

這是他第一次因為一個女孩的性格而不是因為她的聲音收下了一個合唱團成員。

當然，這些都是王一川後來告訴我們的。

「真正熱愛唱歌的女孩，我們的合唱團當然要的，我們又不是培養歌唱家。放心吧！」王一川笑咪咪的說，「不過，你自己課後一定要多加訓練喔！」

「我會的！」小吉鬆了一口氣，從王一川跟前回到了自己的位置。

「你知道嗎？還在面試的時候，這個老爺子就不想要我了。哼，他休想！」小吉側過臉，輕聲的對我說。說完，她朝我吐了吐舌頭。

我咬住嘴唇，偷偷的笑起來。我笑得肩膀都在發抖。我很怕自己控制不住會大笑起來。

小吉真是太酷了！

小吉是我們隔壁班的，她和錢蘇蘇同寢室，也就是蕭瀟曾待了兩個星期的那個寢室。不過以前我並沒有注意到她。

現在當然完全不同了，我有一種強烈的感覺——我就要遇到自己的好朋友了！

一個小時的時間很快就過去了。我們的訓練課結束了。沒有任何猶豫似的，我很自然的和小吉一道往外走。我的心裡充滿快樂。走到教室的最後一排，我突然瞥見，在一個巨大的音箱的後面，坐著一個人影。這個人影朝我懶洋洋的招了招手。

我非常驚訝的停下腳步，睜大了眼睛。

這個人，竟然是我們班的那個大帥哥學藝股長莫劍鋒！

奇了，他怎麼會坐在這裡？他是從哪裡冒出來的？

「你男朋友？」小吉貼著我的耳朵問，熱乎乎的氣流像一隊潰不成軍的螞蟻般的直往我耳裡鑽。

我來不及反駁她的話，因為莫劍鋒已經站起身，朝我們走過來了。

「我很衰吧！坐在這裡看你們唱了一個小時的『啊』！王一川真夠變態的！」他像一個老朋友一樣衝著我聳肩、微笑。

而在這之前，我們從來沒有單獨說過一句話。因為我自覺跟他不是一個圈子的，我根本就找不到單獨跟他說話的理由。

「你為什麼會坐在這裡看我們唱一個小時的『啊』？」我有點結巴的問他。

「哇，你好帥！」小吉緊緊的勾著我的手臂，張大她那亮晶晶的小瞇眼，很興奮的看著莫劍鋒。

「謝謝！」莫劍鋒寵辱不驚的對小吉點了點頭，大概這樣的話他聽得太多，已經有很強的抵抗力了。他轉過頭來回答我的問話：「因為我本來報名參加合唱團時，是被當場錄取的。沒想到今天過來要參加活動，王一川居然說全校只有兩個男生報名，他不要我們了，於是就當場把我開除了！」

「你報名參加合唱團？」我好驚訝，這人看著像是可以去參加小伍街舞秀的，也可以去玩攝影拍照或甚至航空社什麼的，卻怎麼也不像是喜歡參加合唱團的。

「不可以嗎？」莫劍鋒挑著他濃黑的眉毛，「告訴你，初中的時候我回家經過音樂教室，老是聽到他們在裡面唱歌。有時候我會站在外面聽一會兒，有時候我也會走進來，坐在後面看他們練習。我一直覺得很奇怪，那麼多人的聲音，分開來唱亂七八糟的，合在一起怎麼就會產生那麼好聽的效果呢。我就一直想，等我上高中，我要第一個報名參加星星索合唱團……」

莫劍鋒以前坐得遠，我從來沒有這麼近距離的看過他。他……他真的好帥耶！他的五官好像是被砂紙打磨過一樣，在音樂室最後一排昏暗的光影裡，散發出一種精緻而逼人的英氣。

「……喂，你在聽嗎？」莫劍鋒濃黑的眉毛又一次挑起來。

小吉將我的胳膊重重的勾了一下。

「噢，當然！」我感覺到自己的臉瞬時燙得嚇人，一定已經紅到脖子了！這是不是就是那種花痴的感覺啊？

「原來你這麼喜歡聽唱歌，真可惜你沒能跟我們一起參加合唱團……」我的聲音聽上去好遙遠，我簡直懷疑這是不是我自己在說話。

可是莫劍鋒好像一點也沒在意，他只顧一臉驚奇的看著我說：「江荷你唱歌的時候聲音很好聽呢！以前在班上都沒怎麼聽你說過話，對你的聲音一點記憶也沒有。」

「嗯……我不太愛說話的……」我有點尷尬的解釋。

如果蕭瀟那傢伙聽到這句話，一定會跳起來大叫：「她胡說八道！全世界最愛說話的人就是她了！她唯一有過的綽號就是『大嘴巴』！」

呵呵，大嘴巴，那還是我小學時代光榮贏得的綽號，這個綽號一直跟隨我上初中呢。

當然，在這裡，誰也不會知道。

我的心情突然有點沉鬱，就像這教室裡暗淡的光線。

還好小吉及時的嚷嚷起來：「好啦好啦，你們不要說起來沒完沒了！我們該去吃飯了啦！你們再站在這裡說下去，食堂就要關門了，我們就要餓肚子了！」

莫劍鋒說：「為什麼一定要到食堂去吃飯？為什麼會餓肚子？你們難道不知道學校裡面那個小吃部，星期五和星期六晚上有賣漢堡嗎？還有烤雞翅、烤香腸、烤玉米什麼的，吃什麼不比在食堂裡吃飯強啊？」

啊？怎麼有這樣的事？我怎麼一點兒也不知道？

我看看小吉，小吉也在看我。看來她跟我一樣不知道！

「為什麼星期五星期六才有？平常沒有的嗎？」小吉好奇怪的問。

我也點著頭，這正是我想問的。

「據說以前每天都有，很多人就每天都不到食堂去吃飯，都跑到這裡來亂吃，家長就提意見了，說吃這樣的東西不營養，所以學校才規定小吃部平常只准賣文具日用品什麼的，只有到週末才能賣漢堡和那些燒烤的東西。」

莫劍鋒一口氣回答完，又酷酷的補充：「我是老藍湖了，這學校的歷史我都知道。你們以後有什麼問題儘管問我好了。」

「噢！」我和小吉羨慕的點頭。

我們就跟著莫劍鋒朝小吃部急匆匆走去。

走在小吉和莫劍鋒的中間，我感覺自己像在做夢一樣。一個小時以前，我絕對想不到，一堂唱歌課以後，我會一下子多出來兩個朋友——說莫劍鋒是自己的朋友當然很誇張，可此刻，我真的就是這麼感覺。

在快要到達小吃部的一條岔道口，我們遇到了手拿漢堡和烤雞翅的錢蘇蘇和一群女生。

「莫劍鋒！」錢蘇蘇很驚訝的停下腳步，她的眼神在我和莫劍鋒身上刮來刮去。我感覺當初她看蕭瀟時的那種凌厲的眼神又回來了。

「錢蘇蘇你好！你們好！」莫劍鋒停下腳步，非常紳士的朝錢蘇蘇和一幫女生點頭致意，「雞翅還有嗎？」

「有。不多了。」錢蘇蘇回答莫劍鋒的問題，眼睛卻亮閃閃的盯著我。

「那我們得快點啦！」莫劍鋒一邊側過身子對我和小吉說話，一邊晃著肩膀擦過女生隊伍。

錢蘇蘇的眼神讓我緊張極了，我愣愣的朝錢蘇蘇笑了一下，然後拉住小吉的手，逃跑似的跟在莫劍鋒的後面。

噢，奇怪的錢蘇蘇，她好像擁有一種什麼魔力，老是令我感覺不自在！

第八章
閨密

晚自習結束的鈴聲響起來了。幾個男同學開始動作幅度很大的收拾東西準備離開，但大部分同學還是一動不動的坐在位子上，繼續埋頭苦讀。

剛開始的兩個星期，我跟蕭瀟都是在晚自習鈴聲一響起就迫不及待的收拾東西離開教室，那個時候好像也沒怎麼注意別的同學在幹什麼。可是蕭瀟離開以後，我突然發現，大部分同學在晚自習結束鈴聲打響以後是不立刻離開教室的，他們還在繼續溫習呢，繼續溫習半小時。半小時以後，教室裡的燈光會先熄滅一下，算是預告，然後給五分鐘的時間讓大家整理東西，離開教室，然後才會真正熄滅。

結果呢，我也不敢一個人離開了，我也就繼續溫習，繼續溫習到那預告熄燈的一秒鐘黑暗來臨為止。

其實，我一個人不敢離開還不僅僅是因為這個，更因為我根本就不敢一個人走在黑魆魆的校園裡，走在那些白天高大美麗、晚上卻變得陰森恐怖的一行行的大樹下。每次預告熄燈以後，我就快速收拾好東西，默默的跟在一堆吵吵鬧鬧的女生後面，一起穿過校園深處暗黑的小道，走回寢室。

不知為什麼，我從來沒想到要招呼錢蘇蘇一起走。也許在我心裡，這是一件沒有把握、或者說是一件性質不明的事情吧。錢蘇蘇每天都是到預告熄燈以後才收拾東西準備走人，她有時候會順帶招呼我一聲，有時候呢又好像壓根就沒有看到我的存在——這個時候她的神態跟寶寶簡直一模一樣。每當這時，我心裡總會有一種冷風穿堂而過的涼颼颼的感覺。

「江荷，走嗎？」

我正在埋頭做題目，突然聽到門口有人叫我的名字，抬頭一看，原來是小吉站在我們教室門口，正笑吟吟的看著我。

班上好幾個同學都抬起頭來，有點奇怪的看看我，再看看門口的小吉。這當中包括錢蘇蘇。

看什麼看啊？沒見過閨密一起回寢室的樣子嗎？

我忍住心裡強烈湧起的一股喜悅，有點急切的回答她：「走啊！馬上就好！」

小吉笑著點點頭，一邊還伸長脖子，睜大眼睛，使勁往我們教室那一堆正經危坐的人群裡瞧啊瞧。

哈，這傢伙瞧什麼呢？

我動作飛快的收拾好桌上攤得一塌糊塗的書本、卷子、文具，朝錢蘇蘇有點得意又有點不好意思的打了一個表示告別的手語，然後背起書包就往外衝。好像生怕自己動作慢了一點，門口那個自天而降的女伴就會突然消失。

走到門口，突然看到小吉很驚喜的朝教室裡面揮手。我回頭一看，莫劍鋒正笑著朝她揮手呢。見我回頭，莫劍鋒也很慷慨的給了我一個魅力十足的微笑。

同時，我還看到了錢蘇蘇翻給小吉的一個凌厲的白眼。

哈哈，小吉這個花痴！

我笑著舉手在她眼前晃了晃，小吉攔開我的手，意猶未盡的再次朝教室裡揮了揮手，這才轉身跟我一起朝昏暗的樓道走去。

「我說，你是來看帥哥的，還是來叫我的？」我問。

「當然是來叫你啊，突然想起莫帥哥就在你們班上，所以就順便看一下帥哥嘛。」小吉伸手過來，挽住我的胳膊。「先陪我去上下廁所好吧？」

「好的！」我滿心歡喜的說。我也正好要上廁所呢。

廁所在走廊的最東邊。兩個人挽著胳膊一起穿過昏暗的長長的走廊，心裡一點也不害怕。其實天黑以後，我根本就不敢一個人在教學大樓上廁所的，廁所裡經常會傳來莫名其妙的滴水聲；這裡，那裡，好像還會隨時傳來一些輕微的莫名其妙的聲響；而長長的空無一人的走道裡，好像到處都藏著鬼怪似的。實在是太嚇人了！

現在好了，有人陪著，我再也不會害怕了。

我側過臉，朝小吉笑了一下。小吉也朝我笑了一下。看得出小吉也很開心。

上完廁所，我們一起走下教學大樓的樓梯，一起踏入夜色之中。

第一次感覺校園的夜晚是如此美麗而富有情調。我們的校園裡到處都生長著高大婀娜的法國梧桐樹，那些亮著燈光的紅磚房就東一幢西一幢的藏在她們的枝條中間。有很輕的風吹著，有小蟲子的叫聲怯生生的傳來。夜涼如水，卻沒有寒意襲人。走在小道上，剛才因為溫習而繃得緊緊的每根神經、每寸肌膚，都在這溫柔沉靜的夜色裡得到了舒展和撫慰。

這樣的情懷讓人著迷，我們並肩而行，漫無邊際的沉沒在這樣的夜色裡，我們沒有說話。有走得快的別班女生三三兩兩的擦過我們身邊。

離寢室大門口只剩一段長滿垂柳的小道了，我突然有點可惜我們竟然沒有說話。我說：「小吉，我教你吹口哨好嗎？」

「吹口哨？」小吉停下步子，好奇怪的看著我。「你會吹口哨？」

我點點頭：「以前蕭瀟很會吹，我受她影響的。蕭瀟你還記得嗎？」

小吉皺起眉頭：「蕭瀟？就是那個讀了兩個星期就跑掉的女孩？你跟她很熟嗎？」

我笑起來：「我跟她不能更熟了！我們是小學到初中整整九年的同桌兼死黨！」

小吉很吃驚的看著我：「真的還是假的？你跟她很要好的呀？她不是挺怪的人嗎？有點自私，有點彆扭的，短短兩個星期，把我們寢室搞得雞飛狗跳。」

「不是這樣的，小吉，蕭瀟她不是那樣的人。」

聽到小吉竟然這樣評價蕭瀟，我心裡一下子變得好難過。

小吉看看我，有點不好意思：「其實我也不是很了解她，她跟我也沒有直接衝突過。反正好像大家都是這樣說的。錢蘇蘇跟她鬧得好凶。」

我點點頭，心裡還是好難過：「蕭瀟其實是一個非常豪爽大氣的人，而且敢作敢當。小學到初中，我們都叫她蕭大俠。不知道為什麼換一個環境，會突然變成這樣的結果。」

小吉若有所思的點點頭：「也許大家都陌生，而她又太直接吧。其實想想，很多事情也不是她的錯，但當時我們寢室裡好像就是形成了那麼一股氣，有理沒理，反正都直接針對她。現在想想，其實還真的很奇怪，根本就沒有什麼大不了的事情嘛，她怎麼突然就跑回去了？在我們那裡，考上藍湖中學是多麼不容易啊，我們全校就我一個考上呢！她竟然就這麼輕易放棄了！」

「她好像有點被嚇著了。我們以前從來沒碰過這樣的事情。」

我有點軟弱的替她辯解。感覺不是太有說服力，趕緊又加上一句：

「還有我們的導師，她對有些人很熱情，對我們好像又很冷。怎麼說呢，反正她讓你覺得不安，或者說讓你感覺自己是多餘的，甚至是有點傻。」

「你是說寶寶嗎？她好像還可以啊，愛說愛笑，人又那麼漂亮。我看她對錢蘇蘇好像就對自己的女兒一樣。有時她碰到我們，也會很親切的招呼我們。你怎麼會有這麼奇怪的感覺呢？」

「我，我也不知道。但感覺好像真的很明顯……」我心裡突然有點惶恐起來。

感覺，感覺，感覺的事情誰又真能說得清楚呢？剛才小吉還說出那麼可怕的對蕭瀟的最初感覺呢！

「我想，也許是你們剛到一個新的環境，太敏感了啦！我們班女生其實都好羨慕你們有寶寶做導師呢！她多好看啊，而且有那麼多漂亮的衣服，好像每天都換一套。我們班導師就太嚴肅了，跟誰都不笑，剪一頭永遠不長的短髮，穿一套一成不變的衣褲，唉，一點情調也沒有，我們都有點怕她。」

我勉強一笑：「也許……也許是這樣吧。不管怎麼說，反正蕭瀟離開得確實是太匆忙了。其實蕭瀟性格跟你有些地方很像，如果她沒有離開，她肯定會跟你成為好朋友的。」

小吉笑起來：「如果她真如你所說的那樣，我一定會喜歡她的！現在想起來了，她到寢室的第一天，就是搶占錢蘇蘇的床位的時候，曾經很響亮的吹過口哨，我記得我們都被她嚇了一大跳。」

我也笑起來了：「就是啊就是啊！她的性格真的很爽朗，吹口哨已經到專業水準了！我比她還差得遠呢。」

小吉停下腳步：「你吹來聽聽！」

我也停下腳步，調整了一下呼吸，噘起嘴脣，凝神運氣，頃刻間，一串音符像一群快樂的小鳥般從我嘴裡飛了出來。

這串音符在夜幕裡好像得到了淨化，聽起來格外清亮。

「哇！真好聽！教我！」小吉驚喜的叫起來。

「好啊！」我高興的說。想想看，如果以後晚自習結束後，兩個人一路走，一路吹著口哨回寢室，那是一件多麼愜意的事情呢！

還有啊，等週末如果我們有空，我就帶小吉去看那棵老銀杏樹，還有藏在它後面的樹凳子。我們可以兩個人一起坐在樹凳子上，看湖水，聽躲在扇子樹葉間的小鳥唱歌的聲音。我們還可以對著湖面吹口哨。我相信小吉一定會非常喜歡的！

我把要領告訴小吉。我說：「吹口哨也要像我們唱歌一樣，要讓你的嘴巴變成一個音箱，你要感覺氣流在你嘴裡變成一塊柔軟的橡皮泥，你可以把它捏成任何你想要的形狀。」

小吉噘起嘴唇，送出了一聲粗得不像樣的聲音。

哈哈！這什麼聲音啊！我們兩人一起笑起來。

「這個比唱歌容易，我一下子就會吹了耶！」小吉居然喜氣洋洋。

「嗯！很不錯！有很多女孩根本就吹不出聲響來的！」我鼓勵小吉，「你自己慢慢感覺，要學會控制音量，用舌頭和唇形調節氣流和音高，很快就可以吹出調子來的喔！」

「嗯。」小吉高興的點頭。

我們就這麼噘著嘴脣，吹著不成調的口哨，走進宿舍大門。我的口哨聲清亮、純粹，小吉的口哨聲粗糙、短促。我們不管，一邊吹一邊笑，開心極了。

宿舍的守衛室突然伸出生輔老師驚嚇的臉。

「喂，站住！」

我和小吉嚇了一大跳。

「怎麼是兩個女生？剛才是誰在吹口哨？」生輔老師拚命朝我們身後看。

當然，除了夜色，她鬼也沒看到一個。

「是你們在吹口哨？」生輔老師難以置信的看著我們。

我們點點頭。

哈哈，難道她以為我們身後會跟著兩個男生？

沒有校規規定女生不能吹口哨吧！

生輔老師不甘心的繼續朝我們身後探了探腦袋。「以後進宿舍不能吹口哨！」她很生氣的朝我們瞪大了眼睛。「小姑娘家，成何體統！」

「喔！」我們答應一聲，連忙跑進去。

在我們各自的寢室門口，我們臉上帶著笑，互道晚安。

這是一個多麼快樂的夜晚！

洗漱完畢，正準備躺到被窩裡再復習一下今天學的古文疑難字句，對面寢室裡突然傳來爭吵聲。我聽到其中有小吉的聲音。

我一下子著急起來，把書往床上一扔，奔出了寢室。

小吉竟然在跟錢蘇蘇吵架！

寢室門口，已經有幾個女生在圍觀了。

歐陽紅和沈小恬背著書包走過來，沈小恬見自己寢室門口圍著好幾個人，嚇了一大跳，在門口停下了腳步，歐陽紅也跟著她停下來了。

她們看到我，問：「怎麼啦？」

我搖搖頭，又輕聲補充一句：「好像在吵架，不知什麼事情。」

小吉顯然也是剛剛洗漱好，她額前本來就不甚整齊的瀏海此刻更顯凌亂，委委屈屈的歪到了一邊，溼漉漉的貼在那裡。錢蘇蘇應當是剛走進寢室來沒多久，她的書包正在她的床頭櫃上歪著，好像是才被心情不好的主人從肩膀上扔下來。

「以後要做花痴，不要做到我們教室門口來，要做就在你們自己教室裡做！」錢蘇蘇漂亮的嘴角往上翹著，顯出滿臉好笑又輕蔑的表情。她頭上那根繃緊的馬尾辮，此刻好像顯得更高，也更緊了。

她們寢室其他幾位同學都停下手邊的事，在一旁看熱鬧。她們的臉上都露出一副忍俊不禁的表情。

我的心無端的收縮了一下。我想起到校第一天，錢蘇蘇面對莽撞的蕭瀟，就是這副表情，其他的同學們也都是這副忍俊不禁的表情。

她這是在說小吉嗎？這樣的話怎麼可以隨便拿來亂說？小吉八成會氣瘋了！

我趕緊去看小吉。我想，如果小吉被錢蘇蘇氣哭了，我就一定衝進去幫助她！

可是，小吉居然一點也沒生氣呢！她笑嘻嘻的看著錢蘇蘇，說：「咦，奇怪了，我跟莫劍鋒打聲招呼，怎麼就招你惹你了？」

「你跟誰打招呼當然不關我的事，可是你站在我們教室門口犯花痴就關我的事！你在擾亂我們班課堂秩序，知道嗎？小姐！」

「哈哈，那個時候不是在課堂上，而且那個時候已經晚自習結束了耶！知道嗎？班長大人小姐！」

有圍觀的女生忍不住笑起來。我也笑起來了。我沒想到小吉原來這麼伶牙俐齒！她好像一點也不怕錢蘇蘇，她可比蕭瀟和我都強多啦！

錢蘇蘇聽到門口的笑聲，惱火的回過頭來，狠狠的朝我們瞪了一眼。

有一兩個女生有點不好意思的散開了。可是還有兩三個站在那裡，不準備離開。我也是厚著臉皮站在那裡的一個。我倒不是想看熱鬧，我只是關心小吉，就怕錢蘇蘇還會用什麼難聽的話來打壓她。

「不管是課堂上還是課後，請你記住，以後都不許在我們教室門口發花痴！你要把我們班的風氣都帶壞了！」錢蘇蘇板著臉，義正言辭的說。她頭上的馬尾隨著她鏗鏘有力的話語聲有力的擺動了一下。

「哪裡有這麼嚴重啊？」我忍不住出聲嘀咕，歐陽紅聽到了，輕輕的笑了一聲。

「嘻嘻，我說，錢大班長，你是不是在暗戀莫帥哥啊？」小吉突然睜大她那小小的瞇瞇眼，充滿興趣的看著錢蘇蘇。

「你胡說什麼！」錢蘇蘇的臉一下子漲得通紅，她的聲音陡然拔高了一個八度，把我們都嚇了一大跳。

小吉顯然也被她的聲音嚇了一大跳。她說：「哎呀哎呀，算我胡說。別這麼凶啊，你想要把我嚇得像蕭瀟一樣逃回老家嗎？」

「你這女人真變態，蕭瀟逃回老家關我什麼事了？」錢蘇蘇這一下真的氣得夠嗆，她猛的撥開小吉，忽然朝門口衝過來。

我們嚇得一下子全閃開了。

她難道又要去找生輔老師嗎？

「砰！」的一聲，她們的寢室門被她關起來了！

我們圍觀的幾個人各自尷尬的笑笑，我和歐陽紅轉身回自己的寢室，沈小恬朝我們揮手道別，推開剛剛被錢蘇蘇關起來的門，走進去，又輕輕的把門帶上了。

我心裡又興奮，又擔心。小吉居然有和錢蘇蘇對陣的能量，我可真是沒想到！可是錢蘇蘇難道會善罷甘休？她會對小吉怎麼樣？

「二班的那個女生好厲害，她是你朋友？」歐陽紅笑著問我。

「嗯。」我有點不好意思的點點頭。「我擔心她會吃虧。錢蘇蘇肯定比她厲害。」

「不會的。你沒感覺那個女生具有一種天然的免疫力？我覺得錢蘇蘇整不了她，放心啦！」

天然的免疫力？這個說法有點意思。

我望著歐陽紅笑起來，再一次在心裡對她感覺親近起來。

還有沈小恬，人雖然長得一般，成績也一般，但她的笑臉讓人覺得好親近，她說起話來溫柔綿軟，帶著一點點地方口音，讓人一下子會想到細雨濛濛的春天裡安安靜靜趴在地上的小蘑菇，看上去也是一個可以好好交往的女孩。

以後，說不定我和小吉，加上歐陽紅、沈小恬，四個人都會成為好朋友呢。或者，我們就可以叫個傳說中的「四人幫」！

我再次望著歐陽紅笑起來。

看得出來歐陽紅有點莫名其妙，可是她還是友好的對我笑了。

歐陽紅真是一個友善的女孩。

我倚靠在床頭，復習了一會兒那些難記的古文字句以後，忍不住發了一則簡訊給小吉：「現在沒事了吧？別跟她吵了。」

一會兒以後，小吉回過來了：「沒事了。放心。她以為我像蕭瀟那麼膽小好欺負呢！」

蕭瀟膽小好欺負？我盯著手機螢幕看了好半天，好像第一次才意識到這個問題，而且沒辦法否認。

我在心裡嘆了一口氣。也許，鄉下的孩子，都是這樣。在鄉下的時候，自己不知道罷了！

第九章 意外

一吃完中飯，我就匆匆朝資訊大樓走去。

爸爸和蕭瀟的電子郵件應該早幾天就到了，可是最近因為期中考快到了，各科老師都像發神經似的，每天規定一堆的課外作業；再加上學校馬上要舉辦金秋藝術節，王一川希望我們的星星索女聲合唱團在藝術節上一炮打響，所以除了週五的常規訓練外，每個星期還占用兩個中午的時間要求我們加強排練。這樣，我們的時間一下子就排得滿滿的，害我好幾天中午想去收郵件都沒去成。

沒想到的是，我的郵箱裡空空的，既沒有爸爸的來信，也沒有蕭瀟的來信。

這可真是太奇怪了！不論是我爸爸還是蕭瀟，從來都是收到我的郵件後立刻回過來的。蕭瀟還經常不止一封，她會在剛剛發出郵件後想起一件事情沒說，然後就趕緊追發一封過來。再

然後呢，又想起還有一件事情沒說，就又追發一封過來⋯⋯

這兩人都在忙什麼呢？

不過，我馬上就放棄追究這件事了，因為我的郵箱頁面上，突然跳出來一行字：你有一個定向瓶。

我突然想起上一次，我曾經收到過一個心情瓶，我還花了老半天時間想了一句自以為還不錯的話給對方回過去。難道這個定向瓶是對方回過來的？

趕緊點開，真的是上次那個人回過來的耶！他在瓶子裡說：「小屁孩，你肯定沒有真心付出過，所以也就沒有被傷害過吧！」

一片好心遭如此蔑視，竟然還叫我小屁孩！這什麼人哪！

我氣壞了，立刻在鍵盤上狂敲起來：「你才是小屁孩！告訴你，我老人家有過很多次這樣珍貴的經歷，所以才給你點撥點撥的。懶得理你！」

剛剛將瓶子扔回海裡，突然又收到一個祝願瓶。

怎麼又冒出來一個什麼祝願瓶？名堂還真多。

氣哼哼點開，上面寫著：

我是第1015位朋友，在期中考試即將到來的時候，希望大家都能取得好成績！看完別回覆，別扔到海裡，換個新的祝福瓶，記住數字，換個編碼，傳給下一個人。別讓這份祝福到你這兒就斷了。

哈，這個瓶子比較好玩。我立刻點開一個新的祝福瓶，然後將這句話複製上去，將1015改成1016，然後扔給了蕭瀟。

可惜我不知道韓牧的QQ郵箱，也不知道他有沒有郵箱。這個祝福瓶扔給他是最好的了。畢竟，在獲得獎學金的綜合成績中，期中考試的成績占了百分之三十的比例。

想了想，我又將這個瓶子扔給那個罵我小屁孩的人。因為蕭瀟的通訊錄上目前為止大概就我一個人，我擔心她沒人扔，這份祝福就要斷了。

隨著瓶子掉入海中，一朵水花濺起，我的身後突然傳來一聲嘻的笑聲。我嚇了一跳，回頭一看，竟然是一身綠色休閒裝的錢蘇蘇！她的頭上還是頂著一圈粗粗的綠色橡皮圈。

「你竟然在玩漂流瓶？太幼稚了吧！」她繼續嘻嘻的笑著，壓低嗓音說話。她彎著腰，探頭看著我的螢幕。「這玩意兒我們初一的時候就玩膩了。」

我鄰座一位女生很不屑的朝我翻了翻白眼。

我臉紅了，渾身不自在起來。我不喜歡她高高在上的說話口氣，我更討厭她盯著我螢幕看的不禮貌的舉止——我覺得這是不禮貌的舉止；可是，我又不好意思把螢幕關掉——在我心裡，當著人家的面關掉螢幕也是不禮貌的舉止。

「你給誰扔漂流瓶啊？莫劍鋒？」錢蘇蘇似笑非笑的將盯著螢幕的眼睛轉移到我的臉上。

「哪裡啊！」我更不自在了。

看來小吉的猜測沒錯。小吉曾說，「錢蘇蘇初中時跟莫劍鋒是同學，她八成在暗戀他！不然的話，我才在你們教室門口那麼招了一下手，她就那麼激動的找我麻煩幹什麼？不過像她那麼傲氣的人，她才不會承認呢，除非莫劍鋒去一遍又一遍的求她。可是莫劍鋒那個人也同樣傲氣十足的，所以即使他真喜歡錢蘇蘇，也不可能去求她的！」

「那他們兩個人怎麼辦？就這樣互相不理睬？」聽著小吉繞來繞去的話，我有點著急起來。

小吉大笑起來：「你急什麼啊？關你什麼事了？而且，莫劍鋒才不會喜歡錢蘇蘇呢！」

「為什麼？」我驚訝的問。錢蘇蘇這樣的女孩簡直是十全十美，怎麼會有男生不喜歡她！

「那女人太強勢了！書上說的，男人都不喜歡太強勢的女人！」小吉說完，響亮的吹了一聲口哨。

暈死了，怎麼還有這樣的理論呢？小吉真的太牛了！怪不得錢蘇蘇不敢再找小吉的麻煩了。

小吉的口哨還是吹得亂七八糟的，或者不能叫做口哨，而只是雙唇間發出的一種怪音。可是小吉簡直愛極了這聲音，只要一想表示高興或者難過或者憤怒，反正是任何想要表示情緒的時候，她就這麼來上一下子。

那天晚上錢蘇蘇跟小吉吵過架以後，她就基本上不理小吉了，順帶也不理我了。我倒覺得沒什麼，反正我們這對同桌做得不痛不癢的，又不一起上廁所，又不一起吃飯，也不一起進教室回宿舍什麼的，所以多說一句少說一句也不打緊。

所以，錢蘇蘇現在突然這麼關心我扔漂流瓶的事情就有點怪異了。她還一下子就扯到莫劍鋒身上，哈哈，她說不定真的在暗戀莫劍鋒呢！

「那你在給誰扔漂流瓶？」瞧，錢蘇蘇還是緊追不捨。這女人果然太強勢了。

「蕭瀟。」我一邊說，一邊趁機關掉郵箱，同時還補充了一句，「我連莫劍鋒的郵箱都不知道呢。」

「我知道啊！我告訴你好不好？」錢蘇蘇的笑看上去好詭異。

「不要！我要走了。」我手忙腳亂的進行關機操作，渾身又一次緊張起來，唉，我怎麼就這麼沒出息呢！

「你想知道的話，我隨時可以告訴你喔，他的手機啊郵箱啊QQ啊什麼的我都有，你要什麼都行。或者小吉要什麼也可以，你都可以轉告她！」錢蘇蘇追在我的身後喊。

「我沒說我要啊！小吉也沒說要！」我一邊嘀咕，一邊狼狽的逃出了電腦室。

這女人有點變態，為什麼要這麼追著告訴我莫劍鋒的聯繫方式呢，到底是什麼心理？

現在我有點相信小吉的話了，男人都不喜歡太強勢的女人，因為強勢女人會令人緊張。

剛剛回到教室，突然接到爸爸的一則簡訊。點開一看，我嚇得魂飛魄散：

小荷，蕭瀟在校園裡被同學用水果刀刺傷，幸好現在已無危險。刺她的同學畏罪逃跑，至今下落不明。這幾天太忙亂了，沒給你寫郵件。別著急。我跟你媽媽都好。好好照顧自己！

蕭瀟被同學用水果刀刺傷？在秀水中學的校園裡？為什麼？為什麼？為什麼？

我顧不了不能在教室裡用手機的禁令，也顧不了打長途電話要花很多錢的事情了，我立刻撥通爸爸的手機。

爸爸的聲音在手機裡聽起來好焦慮，一點也不像他平時說話的風格：「是一個叫白向蓮的女孩，好像以前初中時也是你們同班的。她進秀水高中的成績是全年級第一，老師們都寵著她。可是蕭瀟回來以後就輪不到她了，蕭瀟各方面都比她強太多……」

「所以她就想殺死蕭瀟？」我難以置信的問，拿著手機的手都有些發抖。

「也不一定想殺死，她可能一下子控制不住自己……她已經失蹤三天了，她媽媽本來有心臟病，現在還躺在醫院裡搶救。」爸爸的聲音聽起來也有點發抖的樣子。

一個黑影擋在我的面前。

我抬起頭，看到寶寶正瞪著她那雙美麗的眼睛，訝異的盯著我拿著手機的手。

「沈老師！」我驚嚇的叫了一聲，立刻關掉了手機。

寶寶的手伸到了我的眼前。

「是家裡那邊有急事……」我嚅囁的解釋。

寶寶的手一動也不動，眼睛也一眨也不眨。

已經有一小圈同學在圍觀了。

我萬分無奈的將手機交到寶寶的手上。

「這是開學以來第一次在教室裡發現違規使用手機事件。」寶寶不再看我，而是對著全班同學宣布。

然後，她低頭研究了一下我那款廉價的雜牌手機，嘴角好像若隱若現的浮起一絲笑意。我感覺自己的胃部傳來一陣緊張的抽搐。

「沒收一星期。下週的今天寫好一份檢討報告再過來領。」寶寶說完，頭也不回的走出了教室。

我慢慢的坐回座位，不爭氣的眼淚已經流到了臉頰上。

「你家裡發生什麼事了？」平日在班級裡不聲不響的韓牧第一個衝過來問我。

我不好意思的伸手抹去臉上的淚水：「不是我家裡發生什麼事，是蕭瀟被同學用水果刀捅傷了！」

「啊！」韓牧和周圍的同學都發出了一片驚叫聲。

「蕭瀟？」錢蘇蘇重複我的回答。

我點點頭。心裡難過得再也說不出話來。

「為什麼？」韓牧皺著眉頭問。

我搖搖頭。我還沒完全搞清楚，即使搞清楚了我也不想當著這麼多人的面說。

「還需要打電話問情況嗎？我借你手機，放心打好了，我到門口給你把風，班上不會有人告狀的。」莫劍鋒一邊說，一邊掏口袋。

「我借你好了！」錢蘇蘇動作飛快的搶在莫劍鋒前面從口袋裡掏出她的手機，塞到我手上。錢蘇蘇的手機是傳說中的「愛瘋」，拿在手裡有點沉甸甸的感覺，那個被咬掉一小口的蘋果，正發出一小片神祕而高貴的銀灰色光澤。

我再次搖搖頭，將手機遞還給她：「算了，現在不打了。現在問也問不清楚。謝謝啊！」

「要不，錢蘇蘇，你去給沈老師解釋一下，江荷確實是家裡有緊急事情才打電話的。讓她把手機早點還給江荷吧。」莫劍鋒對錢蘇蘇說。

錢蘇蘇咬住嘴脣，看看我，看看莫劍鋒。

我感覺自己的胃部又開始抽搐。暗自罵莫劍鋒多管閒事，沒想到錢蘇蘇嫵媚的一笑，大方的說：「好呀，沒問題！我去說說看嘍！」

我只得再次對她說：「謝謝！」

唉，強勢女人就是強勢女人！

不過這聲謝謝是發自內心的。我確實是需要手機。我迫不及待的想跟蕭瀟聯繫。

這一節是自習課。臨近期中考時，自習課差不多都被幾門主課老師瓜分霸占了，擁有一節自習課可是一件奢侈的事。

所有的同學都在埋頭做作業，只有我一個人坐在座位上發呆。我在想白向蓮和蕭瀟的事。

白向蓮確實是我們初中的同班同學，但是如果不說起她的名字，我都快忘了初中同學裡還有這麼一個人。

她是一個住校生，家在一個小村子裡。她個子矮矮的，喜歡低著頭走路，在教室裡沒有聲音，在宿舍裡也沒有聲音，即使偶爾說話，聲音也是輕輕的，臉上一副羞澀的表情。她的成績好像是中等吧，反正前段沒她的分，經常遭老師批評的那幾個後段同學裡也沒她的分。

初中畢業會考的時候，因為已經被上面的學校錄取過好幾回了，她這樣的成績是很可能成為秀水高中部第一名的。

這樣的一個女孩子，怎麼可能拿刀子捅向自己的同學？

我多麼想馬上就撥通蕭瀟的電話啊！我的手機就在我口袋裡，但它現在處於關機狀態。錢蘇蘇真的很有本事，她幫我將手機討回來了，但檢討報告我還是要寫的，而且要保證以後再也不會違反規定。所以我必須熬到放學離開教室以後才能使用手機。

想起蕭瀟回去以後給我發的資訊和郵件，嘩啦嘩啦訴說的全是她自己的好事。白向蓮哪裡是蕭瀟的對手啊，簡直半個對手也算不上。蕭瀟好像一點兒也沒有覺察到她把白向蓮的好運全部都攬到自己頭上來了。

在我眼裡，在她自己眼裡，在其他幾乎所有人的眼裡，蕭瀟都應當是秀水高中無可爭辯的女王。我無法想像白向蓮是怎樣的一種心情。我無法想像一個以前默默無言、安安靜靜的女孩子是怎麼邁出這麼瘋狂的一步的。

突然，教室裡傳來一聲巨大的響聲。隨即有同學驚呼起來：「韓牧，你怎麼啦？」

天哪，是韓牧突然暈倒了！

第十章 祕密

學校的醫務室裡，韓牧躺在靠牆的病床上，正在打點滴。

寶寶坐在一邊，一直握著他的一隻手。寶寶的眼裡滿是淚水。

「韓牧，你這個情況，為什麼不早點告訴我？……」她一直在反覆的說著這樣一句話。

韓牧臉色蒼白，連嘴唇都是蒼白的。他微微笑了一下，聲音微弱的說：「沈老師，沒事的，我身體很好的。你不要擔心。」

韓牧高大的身子躺在那窄窄的小床上，顯得格外可憐。

我的眼裡也噙滿了淚水。

可是韓牧不看我。除了最初瞥過我一眼外，從頭到尾，他再也沒看過我一眼。

他一定生我的氣了。而且一定非常生氣，非常非常生氣。

因為我竟然知道他的祕密，並且還當著全班同學的面把這個祕密暴露出來。

我真的沒想到要暴露他的祕密，我一直那麼小心的守護著他一個人的祕密。就連在郵件裡，我本來想跟爸爸訴說一下，後來我都刪除了。

實在是因為當時太緊急、太嚇人了啊！韓牧突然暈倒在自習課的教室裡，全班頓時大亂，有女生在一旁尖叫：「韓牧心臟病發作嗎？韓牧死掉了嗎？」

聞訊而來的寶寶嚇得一下子哭了起來。

我想也沒想就高聲叫起來：「大家不要慌！不要慌！韓牧可能是因為營養不良造成的昏厥，趕緊把他送到醫務室去打點滴！」

寶寶像抓到救命的稻草，一把抓住我的手腕，急切的問：「營養不良？怎麼回事？韓牧怎麼會營養不良？」

我說：「他每餐只吃兩個白饅頭，他沒有錢吃飯。」

就在這時，韓牧醒過來了。他聽到我說的最後一句話。

寶寶再次哭起來了，她像抱一個小嬰兒般的抱住韓牧，哭著說：「韓牧，你這個情況，為什麼不早點告訴我啊……」

韓牧靜靜的瞥了我一眼，眼神裡有一種隱藏的憤怒和絕望。我這時才意識到，自己竟然暴露了韓牧永遠也不願意別人知道的祕密。

我一時哭起來：「韓牧……」

可是，他調轉了眼光，再也不看我。

「每餐只吃兩個白饅頭……韓牧，這麼多天你是怎麼過來的呀？都怪老師太粗心了！」寶寶還在哭。

寶寶啊，寶寶啊，求求你別說了！

我看著小床上韓牧緊閉的雙眼，心裡一陣冰涼。我能夠明白他心裡的感受，我能夠明白！

可是，韓牧，你不能怪我啊，我不是有意的！

「別老是這個樣子啦，打起精神來！」小吉在我的背上狠狠的捶了一拳。

我撇了撇嘴，算是給小吉一個微笑。

「你這是笑嗎？簡直比哭還難看！」小吉很不滿的瞪著我。

可是，我怎麼能笑得好看呢。

這兩天，蕭瀟的手機一直處於關機狀態，我始終聯繫不上她。爸爸那裡也沒有更多的消息，只說蕭瀟沒什麼危險了，但她的臉只朝裡躺著，一句話也不說，誰也不願理。

白向蓮已經找到了，原來她一直躲在秀水高中教學大樓的頂樓，她想跳樓自殺，幸好被巡校的校工發現。校工對著她大喊大叫，亂訓亂罵，嚇得她沒敢往下跳，因此救了她一命。她現在也躺在醫院裡，昏迷不醒，因為她已經好幾天沒吃飯了。還好她媽媽醒過來了，現在白向蓮就躺在她媽媽剛剛躺過的床上。

而韓牧呢，還是理也不理我。

他第二天就回到了課堂上，他堅持說他沒事，也不肯到外面的醫院去檢查。

這兩天，都是寶寶帶著他在食堂吃飯。寶寶說，她飯卡裡的錢是學校發的，她因為怕胖，吃不多，所以每個學期都會多出好多錢來，正好請韓牧幫她消化消化，省得浪費。至於以後怎麼辦，她會另外幫韓牧一起想辦法的。

看著韓牧每天被寶寶押送犯人般的押向食堂，大家都覺得又好笑，又感動。

說實在話，我的心裡受到了很大的震撼，我對以前一直認定寶寶打心底瞧不起鄉下學生的看法，產生了很大的動搖。韓牧應當是一個比我和蕭瀟都更鄉下人的鄉下人了，可是在對待他的問題時，我卻從寶寶的身上看到了澎湃的母愛和真切的關心，以及由此派生出來的強制押送及請吃行為。

我不知道韓牧的心情如何，他的臉色倒是什麼也看不出來。他只是每次乖乖的跟著寶寶去食堂，乖乖的坐在寶寶對面吃飯，也不說什麼，也沒有很惱怒的表情。

也許，寶寶的強悍，在面對韓牧的這種情況，是很必要的吧。

目前為止，我還沒有跟韓牧面對面的碰到過，也不知是他在有意躲避，還是我在有意躲避。但遠遠的看到他的時候，我還是能明顯的感覺到他的身體會馬上僵硬起來。

我心裡真的好難過。我真的打不起精神來。

「好啦好啦，別再板著一張寡婦臉，吹吹口哨放鬆一下啦！」小吉再次在我背上狠狠一下。「對了，你教我吹《小黃鸝鳥》吧！吹前面兩句就好。」

小吉的話讓我提起一點精神來了。《小黃鸝鳥》是這一陣王一川在努力訓練我們學唱的兩首女聲二部合唱歌曲中的一首，歌詞雖然簡單，曲調卻很悠揚婉轉，是演唱上有相當難度的蒙古族民歌。我們要用這首曲子參加藝術節的表演。

我理所當然被分在高聲部，小吉本來被分在低聲部，可是王一川沒想到，因為不是主調，沒有明確的旋律，低聲部的音調其實是非常難把握的，小吉每次唱了沒兩句，就被我們高聲部的音調帶跑了，她的粗嗓子在低聲部裡一下子唱成了高聲部，聽起來非常刺耳。

王一川沒辦法，只好重新把她調入高聲部，並且叮囑她一定要控制自己的音量，嗓音一定要輕一點，不要蓋過我和站在她另一邊的同學的聲音。並且課後一定要加緊練習。小吉趕緊點頭答應了。

王一川真好。如果換了別的老師，早就把小吉喀嚓一聲滅了。

小吉課後也真的很勤奮，我們一有機會走在一起，她就會拉住我，要跟我一起訓練。

不過用口哨來吹這首歌，我還從來沒試過呢。

我就噘起嘴脣，試著吹出前面兩句「小黃鸝鳥兒呀，你可曾知道嗎？」的曲調。

「好好聽喔！」小吉興奮的說。

我也開心起來了。用口哨來吹這首曲子，有一種自己變成了小黃鸝鳥，正在樹叢間快樂的跳躍的感覺。

可是，小吉卻怎麼也吹不成調子，特別是後面一句，因為一下子要拔高音調，唱的時候都有一定難度，吹就更難了。小吉乾脆連吹都吹不響了。

「為什麼啊？為什麼我什麼也學不好？我那麼喜歡唱歌，那麼喜歡音樂，為什麼我就是學不好呢？」小吉非常沮喪的看著我。

這是我第一次看到小吉沮喪的樣子。

「喜歡就夠了，自己感到開心就可以了，唱不唱得好，為什麼一定要強求呢？」我說。

「聽上去好哲理的樣子！」小吉笑起來，「那你自己呢，蕭瀟的情況不是你造成的，韓牧的情況也不是你造成的，你又強求什麼？」

哈！說得也是。我也笑起來，心裡一下子釋然了。有朋友，真好。

終於收到蕭瀟的簡訊了！

蕭瀟說：「荷，別擔心我。我身上的傷快好了。只是心裡真的傷得太厲害。那天晚上的月亮好大好亮啊，雖然是站在小樹林的陰影裡，她臉上的表情我還是看得那麼清楚。我無法再在秀水高中待下去了！」

現在是中午，離下午的上課時間還有十五分鐘。因為擔心錯過蕭瀟的電話或簡訊，這幾天我在教室的時候也一直偷偷的開著手機，當然是調到震動檔。

蕭瀟的簡訊讓我心裡有一種毛骨悚然的感覺。白向蓮的臉上是什麼表情？非常瘋狂嗎？可憐的蕭瀟……

還有，蕭瀟說無法在秀水高中待下去是什麼意思？難道她要退學？

埋在課桌間偷偷的看完蕭瀟的簡訊，我重新將手機塞回褲子口袋，然後站起身，小跑著離開教室，跑下樓梯，跑出教學大樓，一口氣跑到教學大樓邊上的小樹林裡。

馬上要上課了，下午第一節就是寶寶的物理課。時間很緊迫，可是我現在必須打電話。

小樹林裡應當比較安全吧！

我的聲音在電話裡聽起來八成很奇怪，那頭的蕭瀟竟然莫名其妙笑起來：「哈哈哈，江荷，你剛打架了嗎？怎麼喘成這個樣子？」

蕭瀟的笑突然讓我非常惱火，我直通通的說：「你無法在秀水高中待下去是什麼意思？你又要逃跑啊？！」

那頭的笑一下子止住了，話筒裡悄無聲息。

我這才意識到自己的話說得有點過分了，而且簡直有點莫名其妙。「蕭瀟……」我後悔的叫，「我馬上要上課了，時間不多，而且這段時間一直為你擔心，電話又一直打不通，所以……對不起……我只是想知道你有什麼打算……」

「我知道，」蕭瀟說話了，很平靜的口氣，「你先去上課吧。這件事一下子說不清楚。我這兩天會給你寫信的。放心啦！你自己一個人在外面，要多保重！」

還沒來得及等我說話，她就把電話掛了。

蕭瀟生氣了嗎？應當不會吧，但好像又有那麼一點……

我將手機塞進褲子口袋，走出小樹林，悶悶的朝教學大樓走去。

在快要到達教學大樓那大鱷魚嘴巴般張著的大門入口的時候，我突然瞥見了從另外一條小道上匆匆趕來的韓牧。他的手裡拿著一本厚厚的書，一定是英文辭典吧！

我趕緊低頭，加快腳步，一下子鑽進了鱷魚嘴巴裡。

「江荷！」

我沒聽錯吧？是韓牧在叫我嗎？

我遲疑的停下腳步。

「江荷，你是不是在生我氣啊？」

真的是韓牧在叫我，並且跟我說話。他喘著氣趕到了我的身後。

我心裡一下子覺得非常委屈。明明是你在生我的氣啊！

我低下頭，只覺心裡酸酸的，眼角很沒出息的滲出了眼淚。

「我……我一直很想對你說聲謝謝！」韓牧看著我的臉，小心翼翼的說。

「哪裡，是我不好，在那麼多人面前亂說話。」我說。

還不錯，我的語調聽起來還算正常，沒怎麼變音。

「你說的是實話。是我太愛面子了……」韓牧說完這句話，臉紅了起來。

啊，韓牧在自我檢討嗎？

我抬起頭來，看著他。「一直想問你一個問題……」韓牧正微笑著看我。

「什麼？」我重新緊張起來。在有點昏暗的門裡，韓牧的笑容有一種陌生的溫情。

「你是怎麼知道我每次只吃兩個白饅頭的？就因為你碰到過我拿兩個饅頭走出食堂？其實很多同學也都看到過，可是他們以為我是吃完了飯再多買兩個饅頭留到課間吃，他們還說鄉下人胃口很大……」

我咬了咬嘴脣，說：「那是因為他們不了解這裡的伙食費對鄉下人來說是多麼昂貴，我每次都只敢點一樣菜吃，但老是覺得吃不飽……」

對不起，韓牧，偷偷的跟蹤你的事情我現在不能告訴你。也許以後，等我們考上了大學、離開了藍湖中學以後我會告訴你的，但現在不行。那時候也許我們可以當做一個笑話來講呢，但現在不行，我沒有膽量告訴你，我害怕又一次冒犯你。

韓牧若有所思的點點頭：「是的，他們確實無法理解。就像沈老師，她的樣子好震驚啊，她根本無法理解。」

想起韓牧每天被沈老師，也就是寶寶——韓牧好像不太好意思叫她寶寶——押送到食堂的情景，我忍不住笑起來：「沈老師好強悍啊！」

韓牧也笑起來了：「因為她無法理解，所以會採取這麼強悍的方式。但她是真的對我好，真的想表達她作為導師的關心和責任，所以我也就由著她。不過我對她說過了，這週必須結束。我想沈老師已經明白我的意思了。」

「那，以後……」我收住了話。我不知道這個話題現在該不該提。

「還沒想好……」韓牧沉靜的微笑，「沈老師提出來幾個辦法，我都不喜歡，都是捐款什麼的。再說啦，大不了我回去就是，又不是沒地方讀書。沒什麼了不起的。」

我朝韓牧點點頭。

那一刻，我好喜歡韓牧臉上的微笑。只覺得跟以前任何一次微笑都不同。

第十一章 白夜

這個夜晚好奇怪，月亮明晃晃的，亮得簡直不正常。往常黑魆魆的小道現在看上去一片亮晃晃的，好像此刻在小道邊上的那些梧荷樹上，正有一萬隻螢火蟲躲在樹葉間大放光明。

「這是不是就是傳說中的白夜？」小吉抬頭看月亮。

「我們這裡怎會有白夜嘛！」我也抬頭看月亮。地理書上說過，白夜是一種靠近極地才有可能出現太陽不西落的現象。

可是，今晚的月亮真的有點奇怪。

不知為何，我突然覺得心裡慌慌的。

不知為何，我突然想起傍晚的時候，在宿舍大樓的過道裡，我又一次看到羅蘭壓著嗓門講電話。當時她說：「對，就是今晚。十點，他們會在我們宿舍大樓後邊的小樹林裡。你們等我電話。」

猛然抬頭看到我，她還露出滿臉的驚嚇：「你聽到什麼了？」

我本來沒在意，女生躲在過道裡壓低嗓音接電話的情形多著呢。可是她驚慌的表情把我嚇著了，我趕緊搖搖頭，匆匆走過她身邊。

可是，她說的那些話，卻一字一字重新在我心裡響起：今晚，十點，宿舍大樓後面的小樹林裡……

羅蘭在搞什麼名堂？

其實，最近一段時間，羅蘭一直都怪兮兮的。有好幾次，我都見到她躲在宿舍大樓過道裡，聲音很輕的打電話。我好像聽到她提到小伍。我當時想，羅蘭不知又在對誰訴說她的花痴對象了。

以往，羅蘭向來都是粗門大嗓在宿舍裡接電話，她會在電話裡說：「啊，我爸又叫你送吃的來啦？是什麼東東？你幾點到啊？真煩人，說了不要送的嘛。」或者：「這個週末我不回家！我要練街舞呢！什麼？我爸說我一定得回去？煩不煩哪你！你自己開車回去好了，我會跟我爸說的！」

有時見我們看她，她會解釋：「我們縣裡駐藍湖辦事處的人，我爸老要他們來管我，煩得要死！」

有時，她會給我們分吃的：「辦事處的人送過來的哦，什麼腦子啊，送這麼多，我一個人怎麼吃得完呢！」

所以，猛然間見到羅蘭躲在過道裡，聲音壓得那麼低，我還真嚇了一跳。我想，羅蘭一定有什麼祕密了。

今晚，十點，宿舍大樓後面的小樹林裡……

遠遠的看到宿舍大樓在月光底下清晰的身影，我的心裡突然跳出來羅蘭這句話。

羅蘭要幹什麼呀？她的口氣聽上去好像是那些諜戰影視劇裡的女特務頭子在給她的下屬分派任務。

咦？她該不是要找人到宿舍大樓的小樹林裡去找小伍和他女朋友的麻煩吧？

據說每天晚自習結束以後，小伍都要護送她的女朋友到女生宿舍大樓門口。小伍的就是上次我在操場上見到的那個抱著小伍的黑色長外套、穿著藍色吊帶裙、滿臉風輕雲淡的女孩。羅蘭說她好幾次看到小伍送他女朋友到宿舍大樓後，她卻沒有立刻進去，而是拉著小伍鑽進宿舍大樓後面的小樹林裡去了。

羅蘭好像對小伍的動向瞭若指掌。她一定時刻都在關注他吧！

「真不要臉！現在他們每天晚上都往小樹林裡鑽！肯定在幹無聊的事情！總有一天我要教訓他們一頓！或者報告他們老師！」羅蘭有一次在宿舍裡義憤填膺的說。

我們都停下手頭的活，轉頭看著她。

羅蘭一定看出了我們的不滿——對於所有告密者，我們都是不屑的。她尷尬的笑笑：「說著玩玩不可以啊，真是的！誰會真去告密呢！真是的！」

今晚的月光真是白得有點不正常呀……

我再次抬頭看月亮，猛然想起，蕭瀟不就是在晚自習結束以後，在一個有著又大又亮的月光的夜晚，在校園裡的小樹林裡，被白向蓮刺傷的嗎？……

我被自己的聯想嚇壞了。我緊緊的挽住小吉的胳膊。

小吉轉過頭來看看我的臉：「你怎麼啦？沒事吧？還在奇怪這月亮？只不過是滿月而已呀！」

我搖搖頭，不知道該對她說些什麼。我的想像太瘋狂了……

我們走進宿舍大樓，在寢室門口，我心神恍惚的與小吉告別。

羅蘭還沒有回來。而以往，她差不多總是第一個回到寢室的。她跟錢蘇蘇不一樣，晚自習以後，她從來不喜歡再留久一點。

我看看錶，現在離十點只差十分鐘了。

我們的晚自習九點半結束。十點，是教學大樓熄燈的時候。十點以後，就會有大批的學生離開教學大樓，湧向寢室。

我盯著手腕上的電子錶看。我的電子錶走起來是沒有聲音的，可是，此刻我卻好像聽到那些指針滴答滴答越來越快、越來越響的走動聲。

我猛的站起身，拉開宿舍門。我也不知道自己想幹什麼，我只是覺得，自己坐在宿舍裡不對勁，總得到哪裡去走走，去看看，或者找人說說話才對頭。

我突然看到宿舍走廊的盡頭，一個人影正趴在那邊的窗戶上。

是羅蘭！

她趴在那裡，伸長了脖子往外面看。她的一隻手裡，好像拿著手機。

這扇窗戶是可以看到宿舍大樓通往後面小樹林去的那條小路。

可是，那真的是羅蘭嗎？她趴在那裡幹什麼？

我朝那個背影走了幾步，然後猶猶豫豫的叫：「羅蘭！」

那個人影猛的轉過身來。

真的是羅蘭！在宿舍走廊昏黃的光影裡，她的臉色一片驚慌的慘白。

「你幹麼?!」她非常生氣的瞪著我。

「我……我想跟你說一件事情……」

我說話有點結巴起來了。我能聽見自己咚咚咚的心跳聲。她窄窄的臉、大大的眼睛好像諜戰片裡的女特務啊！我覺得自己有點神經病，為什麼老是會有這麼瘋狂的聯想？而且，我究竟想幹什麼？學革命黨人阻止她搞陰謀活動嗎？

「什麼事情？」她滿臉不耐煩。

「今天晚上的月亮又大又亮，什麼都看得一清二楚……」

「你究竟什麼意思呢？」

羅蘭睜大眼睛，神情古怪的看著我。

「我……我想告訴你，蕭瀟被同學用刀捅傷了……」

我被她盯得心裡更慌了，感覺都不像是自己在說話般。

「這個，好像上次聽你在教室裡說過。你上次不是在教室裡打電話，手機還被寶寶沒收了嗎？」羅蘭看著我，睜大的眼睛裡好像掠過千軍萬馬，我來不及感受和捕捉。「怎麼現在想起來要對我說這個？」

「因為今晚的月亮。你知道嗎，蕭瀟就是在這樣一個有著又大又亮的月亮的夜晚，在學校的小樹林裡被同學捅傷的。當時那位刺她的同學臉上的表情，被蕭瀟看得清清楚楚。剛才裡就我一個人，我想起這件事，心裡突然有點害怕，所以想找一個人說說話。」

我突然放鬆下來了。什麼暗殺啊、陰謀啊、小樹林啊，統統一邊去。我只是想跟羅蘭聊聊天而已，不行嗎？

雖然跟羅蘭聊天對我倆來說都是一件有點荒謬的事情。

可是，什麼事情都會有第一次。我既然能跟小吉成為朋友，能跟莫劍鋒一起談合唱團的事情，能跟錢蘇蘇一起吃飯，為什麼就不能跟羅蘭聊天呢？

「對了，她同學為什麼要捅她？」羅蘭目光灼灼的看著我。

「因為嫉妒吧。」我也看著羅蘭，我發現自己真的想跟羅蘭聊聊蕭瀟的事情。除了小吉，我還從來沒跟別人詳細的談過這樣一件大事情呢。「因為蕭瀟比她強太多，她一時無法控制自己。」

羅蘭垂下了眼睛。

我輕輕的說：「你知道嗎，捅傷她的同學又後悔又害怕，一個人躲在教學大樓頂樓上好幾天，差一點跳樓自殺。後來雖然被人救下來了，但她現在還躺在醫院昏迷不醒呢。她媽媽知道這件事後心臟病發作，差一點死掉……」

「這樣啊……」羅蘭調轉眼睛望向窗外。

我跟著望過去。我突然看到，在明晃晃的小道上，小伍正拉著他女朋友的手，一起走向小樹林。

我感覺到羅蘭臉上的肌肉收縮了一下。我的心又開始砰砰砰跳起來了。

羅蘭的手機突然響起來。

羅蘭神情古怪的看了我一眼——好像又惱火、又驚慌、又無奈的樣子，然後背過身子，接起了手機。

「你們回去吧。沒聽明白嗎？叫你們回去！煩不煩，白痴啊！還要我怎麼說！」

羅蘭壓低嗓門對著話筒吼。

然後，她掛掉手機，也不看我一眼，也沒有說一個字，就一個人轉身朝我們的寢室走去。

我像做了一場夢一樣，跟在她的身後回到了寢室。

寢室的人陸陸續續回來了。大家說閒話、洗漱、打鬧，一切都跟以前的任何一個夜晚一樣。

曾經可能發生什麼嗎？或者本來就根本什麼也不會發生？

永遠也沒有人知道。

「江荷，你搞什麼呢！洗個臉搞得地上到處都是水！」一個女生在盥洗室裡突然惡聲惡氣的叫起來，她是錢蘇蘇的跟班。平常，我對她跟對錢蘇蘇一樣客氣。

我跑進盥洗室，朝她翻了一個大白眼：「還好啦，叫什麼叫！誰用盥洗室不是地上會搞到水的？昨天晚上你用完後連馬桶蓋上都是水，還是我擦乾的呢！」

女孩目瞪口呆的看著我。

我衝她嫣然一笑，轉身離開盥洗室。

「嘿，還長氣勢了你！」女孩悻悻然對著我背影說。

羅蘭聽到了，哈的笑了一聲。

我像老朋友般朝她擺擺手，心情愉悅的到床上躺下。

一夜安睡。

一週以後，我聽說，羅蘭退出了Hip-Hop小伍街舞秀。

第十二章
朋友

天氣真好啊！大自然真美啊！頭頂是碧藍的天空，腳下是碧藍的湖水，它們像兩片透明的巨大的水晶，包裹著滿樹滿地金黃的樹葉、金黃的草地，以及被金黃的陽光鍍上了金邊的金黃的我們。陽光像無聲無形的水波，在兩片碧藍的巨大的水晶間流轉，湖面上，草叢間，銀杏樹的小扇子樹葉上，到處都濺起一片片炫目而璀璨的光華。

我、小吉、韓牧，我們三個人躲在學校通向市區的湖岸邊那棵老銀杏樹的後面，圍著那個寬大的樹凳子，坐成一圈，我們在進行一場非正式的野餐式午餐。

今天是星期六，是期中考試前的最後一個星期六，這個週末一過，也就是下星期一，就要期中考了。

我們選擇在這個時候跑到外面來野餐，而且是一個這麼古怪的組合，實在有點匪夷所思。

以前韓牧根本不認識小吉呢，小吉雖知道韓牧，是因為我指給她看過，但他們從來沒有說過話。

說野餐其實是有點誇張了，我們就是在學校小賣部裡買了三個漢堡、三杯飲料，再加上一點零食。除了零食很多外，其實也不過是正常的午餐吧，但因為地點變了，組合也變了，所以我們都願意稱之為野餐。

說起來有點難以置信，這一場吃食簡單、但背景華麗的野餐竟然是韓牧帶來的。

在寶寶、學校的努力、協調以及韓牧本人的堅持下，韓牧的事情有了比較滿意的解決方法。本來，那個為學校學弟學妹設立了獎學金的富翁學長是想要出錢資助韓牧的，可是，韓牧堅決不要。據說當時韓牧的臉漲得通紅，說話都結結巴巴的，可是他仍明確的表達：如果父母知道我像一個乞丐一樣在這裡乞討，是要打死我的，我又不是沒錢念書，我可以回家鄉去念的。我不能用別人的錢像個乞丐一樣賴在這裡念書。

那個學長知道後，很讚賞韓牧。他主動提出，他做擔保人，代韓牧向銀行申請助學貸款。等韓牧以後有能力償還了，他可以慢慢的還給銀行。據學長說，外國很多孩子，還有一些中國大學生，都是以這樣的方式完成學業的。這其實也是給自己的一種激勵。

韓牧非常高興的接受了這種幫助。

接下來的第一件事，就是韓牧要請我吃飯。他說他欠我一頓飯，我不能讓他這麼一直欠下去，他會感覺很不好的。而且，他一定要謝謝我。如果不是我說出了他的事情，他肯定要在學期末的時候，在每個人都莫名其妙的情況下，自己灰溜溜的捲鋪蓋回家了。

「貧窮並不丟人，沒有什麼可躲躲藏藏的。面對它，並盡可能改變它，這才是我們，或者說我吧，應當做的。」韓牧非常嚴肅的對我說他的感想。

我本來想笑的，因為韓牧本來不是一個愛說話的人，像聖人一樣說這麼些作文書裡才出現的話就更令人覺得可笑了。可是韓牧一臉嚴肅認真，我就沒敢笑。一不笑，我就開始思考韓牧的話。思考的結果，我不得不承認，韓牧說得很有道理。

其實，我又何嘗和他不一樣？我連點個菜都要躲著錢蘇蘇、羅蘭、莫劍鋒等人。有時候，我連面對小吉都有些不好意思。因為跟小吉不同班，有時他們老師晚下課，我一個人上食堂的時候，我就只點一樣菜。而跟小吉在一起，我一般點買兩樣菜。小吉有時點兩樣菜，有時點三樣菜。

老實說，我一直不太了解小吉家裡的經濟狀況，她不像錢蘇蘇和羅蘭，一眼就能讓別人明白她們家裡是非常有錢的。小吉在這方面好像非常不在意，所以我才可以很自在的跟她相處。

所謂朋友，就是在很多事情上有共同的看法和習慣吧。我想，我跟小吉是好朋友，我跟韓牧也可以做很好的朋友。

所以，我很高興的接受了韓牧的邀請——本來，我還打算等他上大學以後再吃他請的飯。

當然，韓牧的事情有了一個他能接受的解決方案，這也是非常值得慶賀的一件事情。

既然又是好朋友，又是請客，又是要慶賀，如果還是坐到人聲嘈雜的食堂去吃那一成不變的飯菜，那多沒意思，應當有一點新鮮玩意兒才好！

這樣，我就想起了湖岸邊，想起了老銀杏樹，當然還想起了週末才會有的漢堡。

這一陣子，每天中午，透過學校的大鐵門，我都能看見外面被染得金黃的湖岸，和已經變得金黃的小扇子樹葉一片一片飄落的情景。我一直計畫著空一點的時候，要拉著小吉一起到湖岸去走走，到老銀杏樹那裡去看看，到樹凳子上去坐一下。我跟小吉其實已經去過兩次，可是那都是在樹葉還沒有完全變黃的時候去的，雖然也美，畢竟沒有現在這樣的色彩和情調呢。

我已經有好長一段時間沒有到那裡去過了。

「就我們兩個人？吃著漢堡看樹葉？」聽我突發奇想的要求以後，韓牧哼哧哼哧的說出這麼兩句疑問。

啊，這還真是個問題！一個沒有任何緋聞的簡樸男生，和一個沒有任何緋聞的簡樸女生，卻曖昧不清的靠在一棵樹下，一邊吃漢堡，一邊看美麗的葉片一片一片飄下來——哇，這樣的畫面，確實是相當奇怪的啊！

當然，我才不會那麼笨呢，我馬上就想到了小吉。我說：「我再叫一個女生吧！她是我的好朋友喔！這樣，你負責買三個漢堡，我負責買飲料，小吉呢叫她買一點零食，我們乾脆來個週末野餐！」

見韓牧像要提出異議的樣子，我趕緊一槌子敲下來：「就這樣說定了！是你主動要請客的，不許反悔喔！明天中午十一點半，學校大門口，不見不散！」

一口氣說完這幾句話，我轉身就跑。

哈哈，對付韓牧這樣的人，這個方法最管用了。上次請客，我就是採用這樣強硬的大寶寶逼迫他吃飯，也是採用這個方式。

我沒想到韓牧竟然會來追我，他一定是在原地呆了老半天才弄明白我的意思，才拔腿來追我的。他個子高，腿長，三步兩步就追上了我，並且一把揪住我的手臂——

「要到外面樹下去吃漢堡可以的，但漢堡和飲料都歸我買，你們想吃零食的話，你們就自己買一點，老實說，那些東西我也買不來，我也不要吃的。」

我大大的鬆了一口氣。我還以為他要全盤推翻我的盤算呢。

我笑嘻嘻的對韓牧點點頭。

風兒吹拂，空氣香醇，鳥兒啼唱。

金秋，是多麼美好的季節。

我舉起可樂瓶子：「我們就以飲料代酒，祝賀一下韓牧吧！同時，也祝我們大家期中考能取得好成績！」

三個玻璃瓶子在空氣中有點誇張的碰響。我們豪情滿懷的仰起脖子，大大的喝了一口可樂。那架勢，就好像我們面前擺著大塊的牛肉羊肉，我們真的在開懷暢飲美酒一樣。

這就是以天為穹、以地為席的好處了。坐在人挨人的食堂裡，心裡才不會湧起這樣的豪情呢。

吃完韓牧請客的漢堡，我們開始對付那擺在樹凳子中間的一大堆零食。

這些零食當然都是小吉這個好事者帶來的。

我本來跟她說，我們這個野餐除了基本的吃喝，主要以精神會餐為主，我們買一兩樣小零食意思一下就行了，主要是為了增加一點情趣，使我們的野餐更像野餐的樣子。

可是這傢伙還沒等我說完，就興高采烈的嚷嚷：「零食啊！拜託千萬千萬不要去買！我櫃子裡正好堆了好多！說出來你可能都不相信，那些零食還是我媽送我來上學的時候硬幫我塞在櫃子裡的，你不提我都忘光了！你不知道，我最討厭的事情就是吃零食呢！不過如果有伴的話，而且是坐在湖邊的老銀杏樹下，那就是另外一回事了！我想我會很樂意跟你們一起享受味的！」

「哈，那這次野餐我就給你們請嘍！」我說，「那到時候你就帶一兩樣零食意思一下吧！」

「放心！沒問題！」小吉豪氣的說。

我沒想到她的「意思一下」居然是那麼恐怖，她的後背包裡，裝滿了牛肉乾豬肉脯鴨肫乾豆腐乾泡菜鳳爪還有餅乾糖果等等。看著小吉把東西一樣一樣從背包裡掏出來，我跟韓牧都傻眼了。

韓牧很懊惱的說：「完蛋了，這到底是你請客呀還是我請客呢？我就給你們一人買一個漢堡和一瓶飲料！」

我沒說話，只是朝小吉使勁瞪眼睛，這人搞什麼啊！

可是小吉不理我，卻朝韓牧嫣然一笑：「當然是你請客了。漢堡是正餐，我這是飯後零食，吃著玩的。你要是這麼計較，以後我們就不好做朋友了。」

韓牧是個單純的人，他被小吉的話噎得不知道該說什麼，臉都紅了。

然後，小吉才朝我笑了——哼，這個重色輕友的傢伙——說：「荷啊，這些東西放一陣子了，也不知過期沒有。今天不消掉，說不定就會全部浪費了！」

還有這樣的人呢，藏了這麼多好吃的在那裡，竟然會忘了吃！看來小吉同學是有錢人家的小孩啊！

我為小吉高興，如果大家都像韓牧一樣生在窮人家，天天得躲著別人啃白饅頭，那多教人難受啊！

我使勁嚥了口水，大聲說：「管他呢！開動吧！韓牧，我們不吃白不吃！」

韓牧還是有些不好意思，他說：「如果期末的時候我得了獎學金，我再請你們吃一次漢堡好不好？」

「哇！太好了！」我還沒來得及說話，小吉就狠狠的在韓牧手臂上捶了一下。「我們還是要坐到這裡來吃！」

「啊？可是期末的時候是冬天，坐到這裡來吃一定會很冷的。」韓牧一臉認真的說。

可不是嘛！小吉有點不好意思的吐了下舌頭。

我頭一揚，滿懷豪情的說：「冬天就冬天，那又怎麼樣？冬天的湖邊，掉光了[illegible]樹，枯掉的草地，冒著寒氣的湖水，有冷冷的風從耳邊擦過——那一定別有一番情趣！我們就冬天的時候再到這裡來野餐！」

「荷啊，你真是個小瘋子！」小吉敬畏的看著我，一邊又使勁捶了一下韓牧，「對，我們就要冬天的時候再坐到湖邊來吃漢堡，韓牧你說好不好？」

「那就一言為定！」韓牧一下子也被我們鼓動起來了，他眼睛亮閃閃的說，「你們等著，我會努力的！」

我們再一次舉起飲料瓶子，響亮的相碰。

喝了一大口可樂，我突然想起來一件事情。我趕緊問韓牧：「你有QQ郵箱嗎？」

「有，我才申請沒多久。不過基本上沒什麼用，我爸媽又不會給我發郵件。」

「趕緊告訴我！有人會給你發郵件喔。」

我掏出手機，一邊記錄韓牧報給我的號碼，一邊告訴他：「我馬上轉發給蕭瀟，她會給你扔一個祝福瓶子。是關於期中考的祝福，是苦難的考試族在網上一路傳遞過來的。你收到以後再扔給小吉吧，也許小吉這裡就是最後一站了，因為後天就要期中考試。」

「祝福瓶子是什麼玩意兒？我這個號碼申請過後好像都沒用過。」韓牧憨憨的笑，看看我，看看小吉。

「哎呀！你收到就知道了啦！一個小遊戲而已。江荷你叫蕭瀟馬上就發，我們一會兒吃完以後就到電腦室去，韓牧馬上轉發給我，我再轉發出去，我可不希望我這裡是最後一站。」小吉一邊啃著雞爪一邊說。

「好，我正好可以去用一下郵箱，順便見識一下那個祝願瓶。」韓牧居然滿臉憧憬。

「你們才真是瘋呢！馬上就要期中考的關鍵時刻，跑出來野餐也就算了，怎麼還要跑去上網？」我說。

「跑出來野餐可是你的餿主意！」韓牧有點好笑的看著我，一臉燦爛的笑。

韓牧的笑容和說話的語氣都讓我覺得好開心。韓牧好像真的跟以前有點不一樣了呢！

「沒關係啦！告訴你們，越是考試前夕，越要學會放鬆。我這是經驗之談。」小吉嘴裡塞了一大塊牛肉乾，說起話來含含糊糊的。「論成績，我是我們三個人中最不好的，心，你們擔心什麼！」

「去上一下網也耽誤不了什麼，該復習的也差不多都復習好了。再不去用的話我這個月的免費上網時間就要作廢了。」韓牧說。

我點點頭。其實我也很想去看一下郵箱。我想起那個奇怪的陌生網友，就是上次罵我小屁孩的那個。他現在的心情好一點沒有？我給他扔了一個祝福瓶過去，他是不是又會罵我小屁孩呢？也許，他也會給我一個祝福喔！還有，我爸爸和蕭瀟的新郵件也該到了。

「對了，蕭瀟現在怎麼樣了？她返校上課了嗎？」韓牧突然想起來問我。

「她呀，身體已經恢復了，但可能不回秀水高中念書了。」

「啊？那她要到哪裡去念書？」韓牧著急的問。

「難道她不想上學了？」小吉也著急的問。

我很高興他們像好朋友那樣關心蕭瀟。我告訴他們：「期中考以後，蕭瀟就會到我們縣一中去念書。是秀水高中的校長親自到縣一中去替她聯繫推薦的，因為她初中畢業會考的成績好，還有她特殊的情況，縣一中同意接收她。」

這些事情都是蕭瀟在一封長長的郵件裡告訴我的，當然還有她對自己長篇大論的分析。她說，表面她看起來大剌剌，滿不在乎，但內心裡也許是一個遠遠不如我和韓牧堅強、有毅力的人，所以才會那麼快就臨陣退縮。可是她想得太天真了，其實哪裡都不可能是淨土，哪裡都會有不如意，都會有競爭和壓力。也許方式不同，但都無可避免。不過這一次縣一中能夠接收她，她一定會好好珍惜；以後無論再發生什麼，她都一定會堅持。現在她明白，只要堅持，一切其實並沒有想像中那麼難，一切都會改變的。

「荷，你相信我嗎？」在郵件的最後，她這樣問我。

「當然！」我回答她，後面跟了一個露著大牙的笑臉和一顆冒著熱氣的紅心。

「蕭瀟說了，這一次，她一定會珍惜和堅持。」我告訴韓牧和小吉。

「也許，我們縣一中是最適合蕭瀟的地方。」韓牧若有所思的說。

我點點頭。縣一中有比較強的競爭力，同時又不是一個完全陌生的環境，也許，確實更適合蕭瀟吧！

「呀，你們在幹什麼？野餐啊？」

我們的身後，響起了一個猶猶豫豫的聲音。

轉頭一看，竟然是歐陽紅和沈小恬，她們正站在離老銀杏樹有點兒遠的地方，驚訝的看著我們。

嘿嘿，這樣的方式、這樣的組合、這樣的時間和地點，一定讓人覺得很奇怪吧。

「算是野餐吧。其實我們也不知道算什麼……」我說著，忍不住笑起來。

小吉和韓牧也笑起來了。小吉的笑有點像她唱歌或吹口哨，氣流量太大，聽起來嘎嘰嘎嘰的，小吉說：「過來一起吃一點兒！還有不少零食呢！」

歐陽紅伸頭過來看了一下，嚇一跳：「怎麼這棵老樹後面還藏了這麼一個大樹墩子！在這邊一點兒也看不出來！」

「這是一個天然的野餐臺！」我起身挪了一下位置，挪得更貼近小吉，好空出一點地方給她們：「過來坐一會兒吧，多好的天氣，多美麗的湖水啊！」

小吉和韓牧也挪動位置，挪得離樹墩子遠一些，這樣才可以空出更多一點的地方來。

歐陽紅和沈小恬真的就走過來了，兩人挨得緊緊的一起坐下來。

「這裡真好！」歐陽紅很新奇的看看四周，說。「從這棵大樹邊上走過好幾趟，從來沒想到要走近前來看一看。」

「嗯，你們好浪漫！」沈小恬溫婉的笑，在她黑黑的臉蛋上露出兩個可愛的小酒窩。

「歡迎你們加入！」我心裡不知為何特別開心。我想起蕭瀟剛離開藍湖中學的那天，我回到寢室，肚子空空，歐陽紅給我舀了一大碗米粉芝麻糊。那香氣、那甜味，一直留在我心裡。

「你們吃飯了嗎？」韓牧關心的問她們，「我們只買了三個漢堡，都吃完了。」

歐陽紅點點頭：「我們剛在食堂吃過了。因為隔著校門，看著這條小道一片黃燦燦的特別漂亮，我們兩個人就想出來瞧一瞧。」

沈小恬點點頭，補充她的話：「沒想到外面這麼漂亮！」

哈，真好！我們的想法這麼一致！

「也許，傳說中的西湖，也未必比我們藍湖漂亮吧！」小吉瞇起眼睛，看著遠處的湖面。

「你們有誰到過西湖嗎？」我問。

大家看著我，一起搖搖頭。

「唉，我們藍湖都這麼漂亮，西湖還不知怎麼漂亮呢！」我嘆口氣，「還有鄱陽湖、洞庭湖、洪澤湖、太湖……」

「還有青海湖、納木措湖……」歐陽紅接著我的話。

「那還有蘇必利爾湖、休倫湖、密歇根湖、伊利湖、安大略湖！」韓牧一口氣報出地理課本上世界五大淡水湖的名稱。

「哈，你們的背功太厲害了！」小吉吐吐舌頭，「那些個外國湖名字怪怪的，我永遠也記不住！背得我好痛苦！不過，在背那些湖泊的時候，我就想好了，等以後我賺錢了，我要一個湖泊一個湖泊的玩過去！先玩中國的，再玩外國的。藍湖就是我旅遊的起點，請大家為我見證！」

小吉正經八百的舉起飲料瓶子。

我和韓牧也舉起了飲料瓶子。

歐陽紅和沈小恬沒有飲料瓶子，她們就舉起裝零食的袋子。

我們開心的碰在一起。

「我覺得，藍湖不僅是小吉旅遊的起點，也可以說是我們每一個人人生的起點吧！」韓牧說著，仰頭喝了一大口飲料。

韓牧的話有點像作文裡的話，可是我們大家都沒有笑他。好像有一點什麼東西——一片陽光、一掬湖水，或者是一方藍天——融化在我們心裡似的，我們大家都朝韓牧點點頭。

陽光好像比剛才更明媚、更溫暖了，照在身上，有一種熱烘烘的感覺。

191 朋友

第十三章 歌聲

又是一節難得的自習課。

我們正在埋頭寫課外作業，寶寶走進教室來了。

公正的說，寶寶是一個很認真的導師，班上的大小事，她是會用盡所有的力氣來扛起責任的。

寶寶走進教室是為了新春迎新會，同時也是我們學校藝術節的事情。

藍湖中學有夠怪，其他學校的藝術節都是放在秋高氣爽、金桂飄香的季節（我念了九年書，年年如此），偏偏藍湖中學放在最寒冷的十二月底，而且是和迎新年混在一起。

藍湖中學的藝術節暨新春迎新會還有一個傳統，就是每屆藝術節，剛進校的新生都必須有個全體成員一起參加的節目，據說這是為了加強班級的凝聚力，讓即使是沒有藝術細胞的、

在藍湖中學就讀的三年時間裡，也至少有一次參與藝術節的機會。

我們這一屆藝術節，指定新生必須參加的節目是全班大合唱。

據說，這是很沒有創意、也很難區分高下的節目。

據說，以前指定的很有創意的節目，包括「植物大戰僵屍」、課本劇表演、服裝秀等等，那些節目擁有很多發揮的餘地。比如去年的指定節目「植物大戰僵屍」，不說表演了，光那些植物和僵屍的外形設計各班就拚個你死我活，時間雖已過去了一年，至今仍然是校園裡津津樂道的話題。再比如前年的服裝秀，據說有一個班級特別牛，他們有一個同學的媽媽是藍湖市文學藝術聯合會的副主席，她幫著到市立劇團去借了幾乎所有類型的服裝出來，結果他們班有的裝扮成《西遊記》裡唐僧師徒四人，有的裝扮成《白雪公主》裡的白雪公主和七個小矮人，有的裝扮成各種少數民族，還有裝扮成抗日片裡的日本鬼子和八路軍……。據說把大家逗笑得腮幫子都瘦了。

可是寶寶說：「越是簡單的節目越是考驗功力。同學們，打起精神來！班級合唱，那可是對真正功力的考驗啊！」

沒的商量，那就打起精神來吧！

我們班級的合唱歌曲是寶寶選定的，是一首N年前的老歌，據說是很多大牌明星曾經一起合唱過的，歌名叫〈明天會更好〉。

這個歌名聽上去有點傻兮兮的，沒想到，曲調聽起來相當不錯，特別是歌詞，更是令人驚訝——它會帶給人一種既清新又滄桑，既傷感又振奮的奇怪的多重感覺。而且每聽一遍，這樣的感覺就加強一分，當聽到最後的幾句：

唱出你的熱情
伸出你的雙手
讓我擁抱著你的夢
讓我擁有你真心的面孔
讓我們的笑容
充滿著青春的驕傲

我有一種熱血沸騰的感覺！好像全身的細胞都隨著歌聲在跳蕩，好像真的想伸出雙手，去緊緊的擁抱身邊的每一個人！

以前胡亂唱過很多歌曲，也自以為真心的唱過很多歌曲，可是，如此真切的感受歌聲的力量，感受合唱歌曲的力量，這是第一次。

在星星索合唱團，也許因為都是女生的緣故吧，我們的感覺更著重在歌聲的優美、意境的高遠，以及歌唱的技巧方面。歌聲可以帶來熱血沸騰的感覺，這真是我第一次感覺啊！

那種意境的優美，以及現在情感的沸騰，都是我那麼那麼喜歡的！

在前兩週的音樂課上，音樂老師按照寶寶的要求，已經將這首歌在課堂上放了好幾遍，讓大家都熟悉了，剩下的主要任務是背歌詞，然後請專業老師來指導一下，比如是否要領唱，是否要玩點分聲部或輪唱的花樣，當然還要培訓一下臨時指揮。

寶寶站上講臺，說：「放學後大家都留下來，我特意請了校合唱團的王老師來給大家指導一下。王老師很忙，很多班級都想請他，但他通常都拒絕。所以我們班能請到他來指導是很難得的，大家一定要抓緊時間配合。」

校合唱團的王老師？王一川？也就是說，我可以在教室裡與王一川相遇？哈，那可真是不錯呢！

那一刻，我開心極了！

王一川走進教室來了。他潔白的襯衫領子照樣高高的豎著，他花白的頭髮照樣一絲不苟的梳向腦後。他臉上笑眯眯的望向女生隊伍，問：「誰是康樂股長呀？」

站在隊伍正中間的羅蘭舉手：「我是。」

王一川笑咪咪的朝她點點頭：「嗯，看起來就像。站到隊伍前面來吧，你要做女聲的領唱。」

羅蘭優雅的一側身，走到女生隊伍的前面。

我站在女生隊伍的最外邊，我使勁的朝王一川看，好想跟他打個招呼。可是王一川的眼睛一點也不朝外邊看。

我有點傷心的垂下了眼睛。

原來與王一川在教室裡的相遇是這樣。

我一直以為，至少王一川是跟別人不一樣的。

王一川開始在男生堆裡找領唱。他一眼就發現了莫劍鋒：「原來你在這個班級呀！正好，那你來當男聲領唱吧！」

莫劍鋒在男生堆裡鶴立雞群，當然容易一眼就發現。就像女生堆裡的羅蘭和錢蘇蘇一樣。

莫劍鋒走到隊伍前面來了。他用眼睛看看我，再看看王一川和羅蘭，一副欲言又止的樣子。

幹什麼！是不是想嘲笑我？哼！

我再一次調轉了眼光。

「這是一首具有美好情懷的歌曲。你的心靈剛剛蘇醒，你的眼睛剛剛張開，一個滴著露水的世界剛剛展露在你的眼前，所以，你的聲音裡一定要有第一次發現和觸摸的驚奇、欣喜，要有那種純真的、真正發自內心的熱情。前面領唱的女聲、男聲尤其重要，這首歌對音質的要求很高。最理想的是那種像絲綢一樣潤滑，同時又帶點童音的音質。」

王一川的眼睛望向羅蘭：「我們的康樂股長聲音應當很好吧，來，你先試一下前面兩句。」

羅蘭的眼睛一下子張大了，好像她現在才明白女聲領唱是怎麼回事。她想說什麼，但只是張了張嘴，又閉上了。

大家都在靜靜的等著她。

羅蘭再次張開嘴，眼睛看著地板，聲音很輕的唱——

輕輕敲醒沉睡的心靈

慢慢張開你的眼睛

「不行不行，聲音太輕了！來，放開喉嚨，新奇、驚訝又滿懷激情，知道嗎？還有，頭要抬起來，眼睛要望向遠方。就像這樣——」

王一川昂首挺胸，張開喉嚨唱了起來。

王一川的聲音真好聽啊，即便有無可避免的蒼老，但那股新奇、驚訝、激情，還是那麼清晰的呈現在他的歌聲裡，一下就把全班鎮住了。大家一起熱烈的拍起掌聲。

「來，再來一次，喉嚨打開，聲音像水一樣流出來。」王一川朝羅蘭做出擰水龍頭的手勢。

羅蘭揚起頭，放開喉嚨唱了起來。

天哪！又像那次音樂課一樣，羅蘭再次證明了自己是一個無可救藥的破鑼嗓子！她放開喉嚨，就好像放開一群蠻不講理的猴子，牠們毫無章法的四處亂竄。

不用說，全班哄堂大笑。

羅蘭漲紅著臉停了下來。

王一川沒有笑。他顯然被羅蘭的聲音嚇了一跳。他很為難的推了一下自己的金絲邊眼鏡，扭頭看了一眼站在邊上的寶寶，說：「哎呀哎呀，是不是太緊張了？不要緊張不要緊張，我們再來試一下好不好？」

羅蘭的臉更紅了，她可憐兮兮的望了一眼寶寶，很緊張的清了清喉嚨。

我從來沒有見過羅蘭緊張的樣子。原來羅蘭也會緊張的。

我使勁控制自己喉嚨裡的搔癢。我好想放開喉嚨唱出來啊！這首歌，這些歌詞，如果由我的嗓音唱出來，一定會非常美！

我不再垂著眼睛。我將視線熱切的望向王一川。

難道女聲領唱一定要康樂股長來擔任嗎？

或者女聲領唱是不是一定要高䠷好看的女生來擔任？

如果王一川看到了我，他會不會要我來領唱？

如果他一直沒發現我呢？難道我就一直這樣一聲不吭？

我有沒有勇氣自薦呢？當著寶寶和全班同學的面？

羅蘭會不會恨我？

……

誰也聽不到我心裡嘩啦嘩啦的打鬥聲。它們打得好激烈啊，我感覺自己的額頭都汗津津的了！

每個人都在望著羅蘭。

羅蘭再次清了清喉嚨，可是，她只唱出了一個音，就卡住了。

「沈老師，我……我嗓子最近不太好……」羅蘭再一次緊張的回頭去找寶寶。

誰都知道，她現在需要一個臺階。

「要不，錢蘇蘇試一下？」寶寶很慷慨的給了羅蘭一個臺階，同時很慷慨的把機會給了錢蘇蘇。

我的心往下一沉，萬能的錢蘇蘇出馬，誰也別想再有機會了。

我心裡的打鬥聲一下子沉寂了。

可是，我的耳邊竟然響起一個陌生而緊張的聲音：「沈老師……唱歌……我不行的……」

我詫異的轉頭去看錢蘇蘇，她當然也站在中間，緊靠羅蘭的地方。我第一次看到，永遠篤定泰然的錢蘇蘇，此刻竟然像羅蘭一樣窘迫，她的面孔漲得通紅。

我心裡渴望的潮水再次嘩的一下湧上來，直接抵住我的喉頭。

讓我試試吧！

就五個字！說出來！說出來！別這麼沒出息！連這一句話都不敢說出來，你就別指望自己以後還能有什麼出息了！

我感覺自己的額頭再次變得汗津津的！

我心一橫，正要張口，莫劍鋒突然朝王一川走去，並且附在他耳朵邊上說了兩句話。

王一川的眼睛一下子朝我這邊看過來：「江荷在這個班級嗎？」

他看到我了！

我看見他的眼睛一下子亮起來。

王一川還是與別人不一樣的吧！

那股洶湧而至的潮水還抵在我的喉頭，我一下子說不出話來，只是笨拙的朝他揮了一下手。

沒想到冬天也可以有這麼火熱的太陽。

站在暖春一樣熱烘烘的冬陽底下，望著臺下黑壓壓的一片人頭，我的心突然安靜下來了。而在剛才，我們班全體同學站在那個巨大的臨時舞臺左側候場的時候，我的心還在撲通撲通，跳得好像要飛出來一樣。

「別緊張，好好唱！你的嗓音真的很棒的！一定會征服所有的聽眾和評審！」歐陽紅輕輕的對我說。

站在她左後側的韓牧朝我做了一個「OK」的手勢。

我感激的朝他們點點頭。繃得緊緊的臉略微放鬆下來了。

站在歐陽紅邊上的錢蘇蘇轉過頭來看我，我朝她笑笑，她也朝我笑笑。

錢蘇蘇的馬尾辮還是又高又緊的綁在她的頭頂上。隔著好幾個人，我突然對她說：「錢蘇蘇，下次把你的頭髮放下來好不好？」

「為什麼？」錢蘇蘇奇怪的看著我。

「放下來看看嘛，一定很好看的。我從來沒看過你的頭髮放下來的樣子。」我說。

錢蘇蘇若有所思的看著我：「也許吧。我會考慮你的建議。」

「謝謝！」我心裡不知為何非常高興。

羅蘭伸手過來，在我肩膀上打了一下：「你還真有大將之風啊，這個時候還有閒心考慮人家的頭髮！」

哈！真是的，我好像是有點毛病！

可是，我覺得自己的心更放鬆了呢。

現在，我大大方方的站在這個臨時搭建的大舞臺的正中央。我甚至抬起眼睛，勇敢的掃了一眼臺下黑壓壓的人群。

我的身邊，站著莫劍鋒。他比我高出了大約一個半頭的高度。

剛站上舞臺的時候，我聽到下面有誇張的笑聲。我不知道下面的同學是不是因為我和莫劍鋒的高度差異而發笑。我才不管呢，我心裡已經不在乎這個了。

我一直牢牢的記住了王一川說的話：「記住，外貌雖然很重要，但它從來都只能一時引起人們的注意，你不要在意。只要你張口，別人馬上就會把他們的注意力轉移到你的歌聲上。這才是可以真正並且長久的吸引大家注意力的東西。記住，你能做到這一點！」

說這番話的時候，是那天我第一次跟莫劍鋒並排站在班級隊伍的最前面，分別擔任男女領唱的時候。我剛剛站到莫劍鋒身邊，還沒來得及開口，全班同學就轟然大笑。

王一川一邊朝我做著安撫的手勢，一邊很耐心的等大家笑完。

等所有的笑聲都落下去以後，王一川沒看別的同學，只對著我一個人，說了上面那番話。

王一川說完，教室裡一片安靜。我想，一定每一個人都聽到他的話了。

……

臺下終於安靜了。大家都好奇的望著我，望著我身邊站著的那個大帥哥。

莫劍鋒朝我微微一笑，示意我，我們可以開始了。

我的心已經忘掉下面黑壓壓的人頭，而沉浸到一片潮潤的初春時節之中。我看到，萬物蘇醒，風兒吹拂，剛剛出巢的小鳥驚奇的張開牠們圓溜溜的眼睛……

我張開喉嚨，感覺聲音的精靈在喉頭撲搧了一下翅膀，一下子飛到冬日暖洋洋的天空中：

輕輕敲醒沉睡的心靈
慢慢張開你的眼睛
看看忙碌的世界
是否依然孤獨的轉個不停

春風不解風情
吹動少年的心
讓昨日臉上的淚痕
隨記憶風乾了
……

207 歌聲

國家圖書館出版品預行編目資料

薄荷香女孩 / 謝倩霓作；-- 初版. -- 臺北市：幼獅,
2016.03 面； 公分. -- (小說館；15)

ISBN 978-986-449-031-8（平裝）

857.7 104027729

・小說館015・

薄荷香女孩

作　　者＝謝倩霓
封面繪者＝BunSyo
出 版 者＝幼獅文化事業股份有限公司
發 行 人＝李鍾桂
總 經 理＝王華金
總 編 輯＝劉淑華
副總編輯＝林碧琪
主　　編＝林泊瑜
編　　輯＝朱燕翔
美術編輯＝李祥銘
總 公 司＝10045臺北市重慶南路1段66-1號3樓
電　　話＝(02)2311-2832
傳　　真＝(02)2311-5368
郵政劃撥＝00033368

門市
- 松江展示中心：10422臺北市松江路219號
電話：(02)2502-5858轉734 傳真：(02)2503-6601

印刷＝崇寶彩藝印刷股份有限公司
定價＝250元
港幣＝83元
初版＝2016.03
書號＝AC00015

幼獅樂讀網
http://www.youth.com.tw
e-mail:customer@youth.com.tw
幼獅購物網
http://shopping.youth.com.tw

行政院新聞局核准登記證局版臺業字第0143號